六书坊

文学·艺术

红月亮
—— 一个孔子学院院长的汉教传奇

郑启五 著

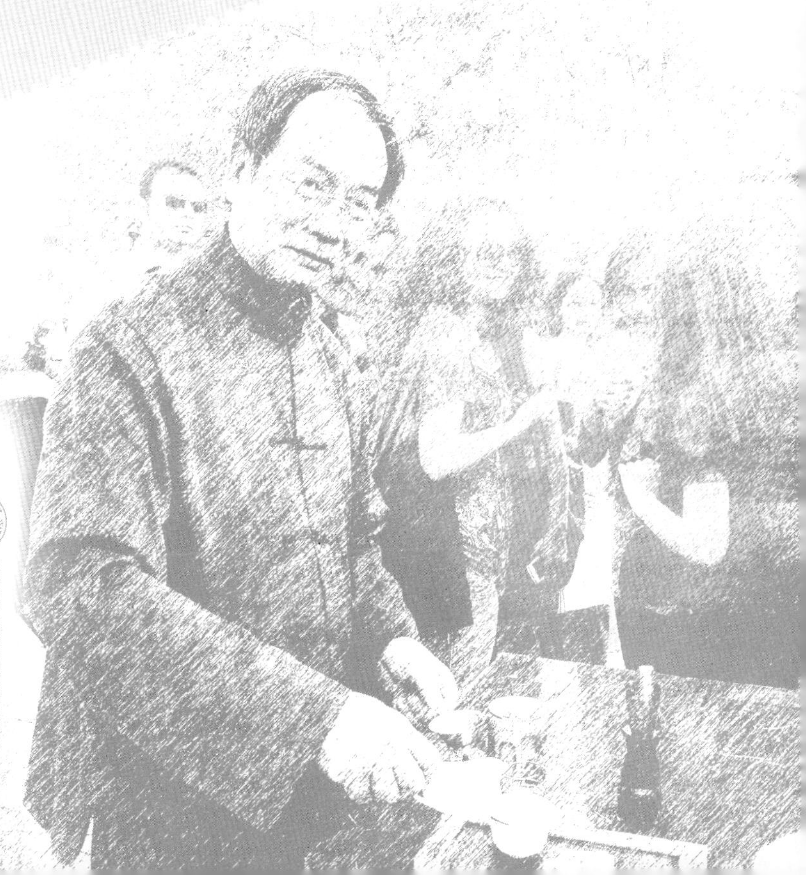

武汉大学出版社

图书在版编目(CIP)数据

红月亮:一个孔子学院院长的汉教传奇/郑启五著. —武汉:武汉大学出版社,2013.9
六书坊
ISBN 978-7-307-11451-7

Ⅰ.红… Ⅱ.郑… Ⅲ.散文集—中国—当代 Ⅳ.I267

中国版本图书馆 CIP 数据核字(2013)第 184254 号

责任编辑:聂勇军　　责任校对:王　建　　版式设计:韩闻锦

出版发行:武汉大学出版社　　(430072　武昌　珞珈山)
　　　　　(电子邮件:cbs22@whu.edu.cn　网址:www.wdp.com.cn)
印刷:武汉中科兴业印务有限公司
开本:880×1230　1/32　印张:6.25　字数:108 千字　插页:2
版次:2013 年 9 月第 1 版　　2013 年 9 月第 1 次印刷
ISBN 978-7-307-11451-7　　定价:12.00 元

版权所有,不得翻印;凡购买我社的图书,如有缺页、倒页、脱页等质量问题,请与当地图书销售部门联系调换。

六书坊

编委会

主　编　张福臣

编　委（以姓氏笔画为序）

　　　　文　祥　艾　杰　刘晓航　张　璇

　　　　张福臣　周　劫　郭　静　夏敏玲

　　　　萧继石　落　子

序言　郑启五教授的"土耳其进行曲"

2012年，武汉大学出版社推出《六书坊》丛书，以文学、艺术、生活、旅游、时政、雅趣六个方面作为选题的范围。我作为编委立刻想到郑启五教授在土耳其中东技术大学（土耳其最好的综合性大学，有"土耳其的清华"之称）孔子学院担任中方院长的经历一定丰富精彩，况且土耳其作为一个历史悠久、文化灿烂、横跨亚欧大陆的文明古国，对大多数中国人来说是那么神秘而陌生，于是，我向启五约稿，在我的再三催促下，工作异常繁忙的启五终于发来了他的书稿。

通读启五的书稿，使我们看到他在土耳其这个神秘的国度，是如何入乡随俗，逐渐融入它的文化，并在截然不同的社会背景下，执著地推介汉语教学，传播中国文化，在中国和土耳其人民之间架设起友谊的桥梁。

但是,土耳其的学生从拉丁字母进入汉语的方块字时却战战兢兢,信心不足,他们在初学阶段立即产生"爱汉语拼音,害怕汉语文字"的心理,尤其是汉字的笔画和偏旁部首使他们一个个傻了眼,许多复合笔画更是晕倒一大片金发学子。

为了解决汉语教学难题,郑启五动脑筋想了不少办法,除了先从汉字"一二三"教起,"诱骗"学生产生汉字易学心理外,还运用通俗易懂的中国童谣来拓展他们对汉语认知的广度,激发他们学习汉语的兴趣。

读者们在阅读本书时一定会和我一样,非常赞赏郑启五教授在汉语教学中巧妙利用极为平常的却又富有中国文化元素的小玩意来激发土耳其学生对汉语学习的兴趣。他是一个资深的集邮迷和茶痴,走遍天下都不会忘记随身携带邮票和闽南茶。到土耳其时,这两个小玩意成为他在教学和人际沟通中"战无不胜"的秘密武器。在土耳其的两年中,郑启五教授的闽南茶艺表演在中东技术大学一直是个精彩的保留节目,倾倒土耳其的学生和老师们。

他的另一个秘密武器就是一枚枚小小的中国邮票。在讲第三课《你是哪国人》时,就在学生们刚刚学会写"中国"这两个方块字时,他拿出早就精心准备好的中国邮票,这是他的老母亲——厦大陈兆璋教授十多年来为他从信封上剪下来并压平的几千张中国邮票，他现在美不胜收地将它们摊在讲台上，让每一个学生上来挑选几张，一枚枚小小的邮票上的"中国邮政"会帮助他们牢牢记住今天学会的"中国"这两个汉字。这些土耳其学生个个喜出望外，一个个挑拣得不亦乐乎，此时的郑启五心中暗暗高兴，继而转头热泪盈眶朝着祖国方向，心中默默念叨："妈妈，亲爱的老妈妈，您这些年来为我一枚枚剪藏的这些邮票终于有了一个最佳的去处了！"

郑启五教授还深入到中东技术大学的"北塞"（即北塞浦路斯土耳其共和国）校区。由于历史原因，这一地区常陷入民族和宗教冲突中，可是在两年时间里，郑启五教授12次来这个岛上的校区上汉语课，这其中他冒了多少风险是可想而知的。

2010年夏天，郑启五教授结束在土耳其两年的孔子学院院长的任期，重返他日夜思念的祖国和厦门大学。在飞往北京的航班上，郑启五写道："30多年前，我从闽西农村招工返回厦门，心情快乐得像一只小鸟。我一路上哼唱着那首耳熟能详的老歌《远航归来》，没有想到在今天从伊斯坦布尔飞返北京的航班上，这首老歌再次回旋在我的心头，其他什么声音都消失了，只有这首《远航归来》的旋律反反复复，魂牵梦萦。"

这就是郑启五教授的"土耳其进行曲"，雄壮有力,又不失华丽,舒缓。

这也是分布在世界各地的260多所中国孔子学院同胞们献身于对外汉语教学,为传播中国文化,搭建中外人民友谊桥梁的人们的人生写照,他们将是一座座文化的方尖碑。

刘晓航
2013年8月

目 录
CONTENTS

第一部　初来乍到

出国前的签名　003
首都机场的咏叹调　005
安卡拉机场行李遇险记　007
入境土耳其的惊喜　009
"中东技术大学"的译名　011
华夏墨宝香飘土国　013
土邮的盛宴　015
千年同发一"茶"音　020
一杯红茶一百万　023
土耳其"民族的太阳"　027
土耳其的"安大"和"中大"　029
星月大红旗　031

目 录
CONTENTS

第二部　孔院传奇

一个中国孔子学院院长的梦想	037
万般无奈一"餐"字	042
我的"英土双混"	045
"萨拉姆-阿莱控"	048
土"春节"上泡厦茶	050
遭遇《梁祝》	053
走进大使馆	056
我的"巴士"我的"巴"	061
先说了再说	063
越过拦路虎	065
我的伊拉克学生	067
最后一课请喝茶	069
图书馆里筑蜂巢	072
紧急包装	074
意外的"跟贴"	077

第三部 再接再厉

走进土耳其的"双十中学" 083
救急的中国邮票 087
童谣助我教汉语 090
土耳其高中生的"中国婚礼" 093
我当了半天的主席 095
李斐家的中国饭 098
喜送爱生上北京 101
饺子先生 104
大使馆的团圆饭 106
安卡拉的拜年 110
年终岁末一句话 112
把中国功夫茶泡进 AIESEC 114
冲一壶不加糖的红茶 118
首个中文图书馆 120

目 录
CONTENTS

第四部 深入"北塞"

走进神秘的"北塞"   125

踩葡萄的少妇   142

戴防毒面具的熊猫   146

喜遇"洋泡面"   150

撞见 CCTV   152

基尼买帽记   154

巴基斯坦之夜   157

塞岛使用"牡丹卡"   161

史无前例的考试   163

工作狂   165

第五部　依依惜别

观看土军大阅兵　169
书海放飞漂流瓶　173
回国前的打点　175
留下 5 本书　178
最后的小心思　182
土耳其的月亮　184

第一部　初来乍到

出国前的签名

出国前忙得不可开交，突然接到天津的长途电话，询问我的近况，打电话的是"文革"前的全国知青劳模侯隽女士。不久前由她主编的由人民日报出版社出版的《知青心中的周恩来》一书收进了我的散文《〈诗的花圈〉的来龙去脉》，使我们之间的交往又平添了一丝暖意。

原来她在编书之后又有一个特别的计划，让全书89位老知青作者逐一在160册《知青心中的周恩来》一书上签字，然后赠送给全国重要的图书馆收藏。现在快要大功告成了，就差几位边远地区的作者了，远在厦门的我也是其中之一。

我只能表示遗憾了，因为我已经得到国家汉办和厦门大学的任命，被外派到土耳其共和国的中东技术大学孔子学院担任中方院长，这是中土两国合建的第一所孔子学院，我得马上前往北京总部办理相关手续，然后立马飞往安卡拉上任，且一去至少两年，任务艰巨而光荣，我的签名只能成为不得已的空缺。

电话那头的侯大姐沉吟片刻，随即做出一个惊人的决定，她将立即派人把160本书从天津专程运到北京让我签名。我为她锲而不舍的壮举极为感动，一时只觉得有股热血撞击着脑门，这就是共和国的老知青，这才是我们坎坷不屈的一代人，我当即表示，全力配合，无论如何也要在踏上土耳其航空公司的班机之前，完成这个特殊的签名任务！

我飞到北京入住德胜饭店后，第一件事就是开通客房电话，然后与侯大姐的司机袁师傅取得联系。隔天中午，160本《知青心中的周恩来》一书如约运到德胜饭店，我二话没说，掏出已经备好的两支签字笔，就趴在德胜饭店大堂低矮的茶几上，沙沙地埋头签个不停。那160本大书，红彤彤的封面，共捆成16大捆，摊开后摆满了大厅的地毯，一如满堂盛开的一品红。值班经理见状，急步赶来，远远就气急败坏地大声呵斥："你们在干什么，你们在干什么?!"

我一声不吭，继续专注我的每一个签名，一个老知青的签名，一位新中国同龄人的签名，它也许是我一生中最专注、最庄重的签名了！经理走近一看就傻了眼，随后肃然起敬，并弯腰捧起"书摊"中的一本，爱不释手地翻看起来。他没有开口，我背着他也能读懂他的心思，但我不能满足他的渴望，如果满足了他拿走一本的要求，那么将很可能会给未来一家图书馆和它的读者们留下永远的遗憾！

首都机场的咏叹调

晚上7点离开北京德胜饭店，原来心想要等到半夜12点才登机，时间会很充裕，其实不然，因为我从厦门带来的行李寄存在2号航站，而登机在新建的7公里外的3号航站，这个为北京奥运会而赶建的航空站据称是世界上最大的单体航站楼！行李的补款以及两站间免费摆渡车的等待都要花时间，办理出境航班的手续更要花时间。取道伊斯坦布尔前往非洲的乘客形形色色，都说古老的伊城是欧亚大陆桥，而这里的乘客类型分明告诉我它还是或更是乘客的"亚非中转站"。

我托运的行李超重10公斤，北京到安卡拉每超一公斤加收128元，尽管这费用可以报销，但我不愿意花这个钱。40年前我曾经是老三届知青，在闽西的大山里插队落户，苦挑百斤谷子一整天挣10个工分共一毛二分人民币。你想想，眼下多提一公斤就能为国家节约128元，对于一个有上山下乡经历的老知青而言，这是怎样的一种感慨！所以我决定自己辛苦点，临时抽回了一个行包背在身上，只是有点担心在插队时落在腰椎上的老伤。

  登机随身行包限制在7公斤，但不包括电脑，重量计算也是个大约数，所以老夫我左手抓行包，右手提电脑，就沉甸甸地大步前行，并且准备就这么一直自行带到安卡拉，可没想到事情后来有了变化。注意了，在首都机场的时候领取的是两张登机牌：北京到伊斯坦布尔和伊斯坦布尔到安卡拉。抵达伊斯坦布尔机场后我试着再把自己背的行李利用后一张登机牌进行托运，结果很顺利。这样我就一身自由地在伊斯坦布尔候机大厅一个个通宵营业的特色店家东瞧瞧西看看了。这里的商品都以欧元标价，从这里我开始感受到土耳其渴望跻身欧盟的那种急不可待的心境。

安卡拉机场行李遇险记

原以为机票完全电子化之后,那张电子机票只是象征性的,特别是我的电子机票还是在国家汉办复印的,很不正规的一张 A4 白纸。其实未必,因为是两张

土英文对照的路牌

登机牌，所以从北京托运到安卡拉的行李数码条形纸就贴在那张 A4 的后面，如果将其遗弃，后果不堪设想。

抵达安卡拉机场是当地时间 8 点 20 分，意外发生了：在行李的输送带上，我的行李只有在伊斯坦布尔托运的行包，而在北京托运的大旅行箱却不见踪影。面对着停下不动的输送带和最后一位旅客远去的背影，我成了一名"光杆旅客"。值班的人员一脸爱莫能助的样子，但他告诉我可以到遗失行李查询台试一下运气。根据一路土英对照的标示牌，我找到了查询台，工作人员瞄了一眼我那电子机票白纸后面的条形码，立刻告知，这里查询的是国内行李，另有国际行李查询处，并告知了该处大致的方位。

当我赶到几百米外的目的地，看到我的大行李箱正一脸无辜地静卧他乡，这才倍感有惊无险，如释重负……

入境土耳其的惊喜

在伊斯坦布尔机场要办理出关手续,由于我使用的是公务护照,几秒钟就盖章出关,然后转道"国内出发"厅,重新办理安检。土耳其所有的安检都要乘客脱下皮带,安检时还有一位背着微型冲锋枪的土耳其军警"严防死守",想起国际新闻里土国曾经发生的人体炸弹事件,顿觉气氛有点凝重,但其他安检人员个个面带微笑,十分的友善,又有几缕春风拂过心头……

比较有感觉的还有行李的手推车,用了人家土耳其的,才知道咱们中国机场的行李车有多么的随意。在伊斯坦布尔国际机场,成排的行李车正列队等着它的顾客,不过绝非伸手可得,需要一个里拉的土耳其硬币的帮忙,可我的口袋里只有爱莫能助的美元和人民币,因此凌晨4点落地他国的头等大事居然是为了一枚硬币而左顾右盼。

孤身一人初入异国的感觉复杂而矛盾,甚至有些敏感与多疑,一出机场的大门,在凉飕飕的晨风中,有一位金发碧眼的土耳其姑娘举着写有我名字的纸牌突然奇迹般地从天而降:"欢迎你,郑老师。"天啊,一口纯正的北京口音,她居然还会说汉语,呵呵,真是意外之喜!

"中东技术大学"的译名

Middle East Technical University 被直译为"中东技术大学",这所著名高等学府在理工科方面在土耳其乃至中东地区均名列前茅,同时在社会科学方面也不甘人后,所以有"土耳其的清华"一说。但我们都很清楚,"技术大学"在目前通行的汉语语义里是一个评价不高的高校级别,校名的汉语直译导致的歧义和误解在所难免,甚至在一定程度上对该校是一种伤害。因此在目前直译效果语义不佳的情况下,应该考虑意译,这是译界通常的做法。

从字面和语义上综合考虑,"中东理工大学"或"中东科技大学"都是上策,从网络搜索来看,这两个译法已经有人使用,特别是在中国工作的该校的毕业生的身份介绍中均用"中东科技大学",由此可见当事人也羞于使用或避免使用直译的"中东技术大学"。

继续保留"中东技术大学"的旧译实为下策,目前中国人对该校的了解还很有限,但如果该校孔子学院挂牌的新闻经新华社和央视刊登和播映后,"中东技术大学"的译名信息会被急速放大与强化,从而导致约定俗成的态势,今后要改就困难得多了。

我把以上的想法与我国驻土耳其大使馆的文化参赞史瑞琳进行了沟通,他也觉得很有道理。我希望我的意见能得到国家汉办以及新华社的考虑与决断。

华夏墨宝香飘土国

中东技术大学的文化与会议中心壮观而典雅,是安卡拉最好的文化活动场馆之一,我们孔子学院的揭牌典礼就被安排在中心内的一个音乐厅举行。音乐厅正在举办"安卡拉音乐周",夜夜琴声绕梁。我们的活动是在白天举办,二者也许谈不上相得益彰,但也是各有韵味,只不过给会场的布置带来了一点难度。

由于事前安排得当,音乐厅内一夜之间,东风取代西风而劲吹:红灯笼、中国结张灯结彩,音乐厅外中国新貌图片形成华夏长廊,可以毫不夸张地说这所土耳其最著名的大学自成立52年来,今天迎来了它的史无前例的"中国时间"。

然而仅有中国结和红灯笼是很不够的,那太民俗了一点;单有中国图片也是不足的,那太平面了一些;于是精心装裱的20幅中国书法与篆刻作品亮相会场的两边,阵阵墨香把中国文化的氛围提升了出来。散落在安卡拉各个大学的中国留学生纷纷闻风而来,汇聚一堂,整个文化与会议中心喜气洋洋!

早在1个多月前,当我得到行将赴土耳其履职时,就萌发了请书法家为孔子学院献墨宝的想法。想法一提出,立刻得到厦大书画协会会长卞守耆老师的赞许,并得到国际处毛通文处长的鼎力支持,于是在卞、毛二君的协调与组织下,本市的书法家叶水湖、郑锡周、柯朝贤、袁大昌、卞守耆等专门为土耳其孔子学院书写了12幅作品,后又有刘英贤、李秉乾、林耀华、詹心丽、陈政新等校园师长增补了8幅书法篆刻,共20幅,并请装裱师陈荣华先生在我出发的前一天全部裱好,一并装入我的行李箱,一路与我同行,关山万里,来到了异国他乡的安卡拉。又经安卡拉的土耳其艺术公司的协助,为这20幅作品量身打造了金漆雕花木框,这原本置放西洋油画的雅居,一旦放进了入乡随俗的中国书法也同样熠熠生辉,而且有别具一格的气韵。新华社记者郑金发和文怡在《贾庆林出席中东技术大学孔子学院揭牌侧记》一文里描绘道:"会议中心的大厅里红灯高挂,古筝悠扬,大厅两侧装饰着象征吉祥如意的中国结,陈列着中国的书法篆刻作品。"通过记者简洁俊朗的笔触与央视新闻联播的镜头,如此浓浓的中国情调旋即飞过千山万水向故土报喜,也悠然飘向世界各处……

土邮的盛宴

我在安卡拉开始了新的工作与生活，为中土两国人民的文化交流，为推广中华先进文化而全力以赴。

中东技术大学是土耳其最好的综合性大学，孔子学院又是中土合作举办的第一所孔子学院，事关重大，我不敢有丝毫懈怠，出国前就做了大量的"功课"，同时也搜肠刮肚，希望能在工作中有所突破，其中包括带上了几千枚中国邮票，期望通过展览或赠送，以此找到一个吸引土耳其大学生对中国文化感兴趣的途径。

兴冲冲来到校园里的邮局，却因为是周末而吃了闭门羹，第二天又远征到市区一个居民区的邮局，得到的回答是该局只办理邮政储蓄和邮政快递业务，不再办理传统的邮政信函。看来我的举办邮票与邮展的"引诱"计划很可能是一厢情愿了。

由于全国政协主席贾庆林要亲自前来为我的这所孔子学院揭牌剪彩，因此土方决定把整个活动安排在该校壮观的文化与会议中心举行，为此我们厦门大学

安卡拉塔

也将有领导率团前来,届时两校将签署进一步合作的协定,并举行关于奥运、关于厦门经济特区以及中国改革开放的图片展览,那一天将可能成为该校的"中国日"。我的前期工作之一,就是到中心实地勘察,以便国内的同仁布展时作参考。

我勘察了该中心的外观,又深入内部,里外拍照,依次看了内部的大厅、下沉式小厅、会议报告厅等。就在我行将走出该中心的时候,发现大厅门口的边侧还有一个小展厅,正在展览着什么,展厅的入口处有几个男女大学生正在聊天,并用期待的眼光注视着经过的路人,那样子还真像我们厦大学生集邮协会搞邮展的架势。一想到这里,我又笑自己迂腐与痴情,都什么年代了,还动不动就把事情往集邮上乱联想。不过当我走近展览的时候,天啊,那一个个熟悉的展览框架,那斑斑点点的彩色邮影,做梦都不敢相信的事情真的发生了,真的是在举办邮票展览!真正一个"踏破铁鞋无觅处,得来全不费工夫"!

我三步并作两步扑向邮展,似乎行动慢了那邮展会突然消失了似的。当我确认了这个展览就是邮展之后,又转身急不可待地向那些参与管理展览的大学生自我介绍了起来:"我是来自中国的集邮者,资深的集邮者,这个邮展很让我意外,我向你们致敬!"我有点大言不惭,有点语无伦次,这意外的幸福冲昏了我的头脑!

展出的邮票按年份排列,应该就是土耳其共和国的全部邮票,早期的基本都是该国的首任总统、土耳其共和国的"国父"凯末尔的头像,后来的图案渐渐多样化,其中体育运动和水果的邮票给人印象特别深刻。

展厅内还有一个出售土耳其新邮票和首日封的小柜台,当班的小伙子应该就是当地邮票公司的人了。他见到我这样一个如此认真的外国观众(呵呵,一不小心，我成了"老外"了），就向我赠送了一支圆珠笔，笔身上有"土耳其邮政"的网址，一个很巧妙而自然的广告宣传。另外他还从柜台里拿出一张放大的邮票图稿送给我，图稿上是赫然在目却不知所云的字母 ODTU，以及一个校园里的纪念雕像，还有英土两种文字的介绍。不看不知道，一看吓一跳，细看英文，原来土耳其语的缩写 ODTU 就是英语的缩写 METC，而 METC 的全文为 Middle East Technical University，就是我所任职的中东技术大学。这居然是一枚土耳其邮政总局在 2006 年发行的纪念土耳其中东技术大学 50 周年的纪念邮票！我真不知道这究竟是老天爷对我这个老邮迷特别的眷顾，还是冥冥之中一种神秘力量的安排，我一下掏出了口袋中所有的硬币，买了 5 枚新邮和两枚首日封，天下还有什么纪念品能比专门为"中东技术大学"发行的邮品更有意义呢?！

仅仅如此，还不足以表达我的喜悦之情，我请来该校的学生，拍摄我在邮展现场的照片，又抓来那位土耳其邮票公司热情的小伙子与我合影，这可是我与土耳其邮票的缘分，这可是一个中国邮迷的奇遇！

展厅内还有土耳其新邮介绍，一套一张，以及土耳其新邮的征订宣传小册，都是免费的"午餐"，我各取一份，已经是厚厚的一叠了。当然也有例外的，土耳其发行的北京奥运的新邮介绍我可是一下拿了 10

份，准备回国时送人！好一餐土邮的盛宴，我满载而归，这一天也揭开了我在土耳其课余集邮生活绚丽的序幕！

千年同发一"茶"音

初到土耳其,有一次用早餐的时候,宾馆的大妈用手来回比划着咖啡和茶,我连声用英语表示"tea tea tea",生怕她听不懂给我端来那要命的苦咖啡(土国

店内琳琅满目的商品

的咖啡特别苦),没想到她随即脱口而出"茶"?"是的,是的,就是茶",我喜出望外,这可是我在土耳其第一次听到人家土人讲汉语,尽管只是区区一个"茶"字,也足以让我感到亲切无比。

超市里的飞机

第二天我国驻土耳其大使馆的文化参赞史瑞琳先生前来探望我,我如获至宝地向他禀报我们这里有一位会说"茶"汉语的土大妈。这位通晓土耳其语的中国老外交官哈哈大笑,然后忍俊不禁通报道:全体土耳其人民都是这么说的,土耳其语中"茶"是"cay",中土两语发音一模一样。

哦,原来如此,这真是一个美丽的误会,我非但没有脸红,反倒得意洋洋起来,英语里的"tea"与我们闽南语的"茶"有因缘,而土耳其语的"茶"更是大大方方原汁原味地取自我们的汉语,回眸一望,那一壶芳茗没准早在几百年前就曾一同润泽了丝绸之路上那两颗璀璨的明珠呢!

一杯红茶一百万

曾几何时,在土耳其喝一杯红茶要支付100万,而吃一顿便饭居然以千万计价,土耳其的里拉一度被世人认为是世界上最不值钱的货币,土国银行的德国顾问甚至毫不客气地讥讽道:"里拉简直就是一个滑稽的小丑!"

想想也怪吓人的,像我这样从小就数学很差的人,动辄就得与"百万土币"打交道,那还得了。幸好人家土耳其已经改了,2005年元旦痛下杀手,一刀砍掉了6个零,让"亿万富翁"瞬息之间缩水为"百元小贩"。现在喝茶一杯就是一个里拉了,硬币一枚,童叟无欺,爽快利落。

我今年春节后回到土耳其,发现人家的货币又有动作了,印发了新版的里拉纸币,分为5、10、20、50、100、200共6款,新纸币不仅进一步强化了防伪功能,纸质、水印、镀银、暗记等无所不用其极,且印制设计得更加娇小、实用和耐看,并采用柔和的暖

安卡拉的水果超市

色调。纸币正面除了国父凯末尔的尊容外,背面还平添了6位文教名人的头像,影雕套印犹如精美的邮票小型张,令人爱不释手。

与纸币发行的革新与进步的足迹相比,土耳其的货币电子化更是有长足的进步,目前除了游动的小贩和都市小巴外,几乎到处都可以刷卡。我手持的中国工商银行的"牡丹国际卡"在土耳其城乡随处可用,不仅大小超市,而且路边的杂货铺,乃至山区的小店都可以随意使用,有时买点水果面包什么的,甚至连密码和签名也免了。在校园的食堂乃至学生宿舍的小餐厅，只要一卡在手，就消费无忧。这方面确实比中国先进得多，而且人家是在几乎没有假币的背景下大张旗鼓地进行货币电子化消费的。

土尔其银行大楼

在这些银行卡消费的小票上，大多会出现一个"四瓣花"的标志，据说是"土耳其担保银行"的标记。我在安卡拉机场的免税商店用牡丹卡刷了一盒德国的巧克力，打出的小票上居然还有汉字"消费"的标记，以及"谢谢"、"操作成功"和"土耳其担保银行感谢您的使用"等3行汉字的"叨念"，远在异国他乡，这样的唠叨不嫌其多，唯有亲切！这大概是我在这里享受到的第一次个人化汉字服务。随着中土两国来往的日益密切，土耳其的担保银行甚至在我们上海也设立了分行。

土耳其1里拉以及1里拉以下的货币全是硬币，所以使用现金进行小额消费，往往动不动就搞得裤带里叮当叮当沉甸甸的，这也从另一方面促进了人们刷卡消费。

我们的牡丹卡在土耳其的自动取款机上也很好用，美元存款可以按当天的汇率自动取出里拉来，但有所限制，一天不能超出1500里拉，而且每次交易会自动扣除3%的手续费，这个比例显然偏高。误交了这个"学费"之后，我是再也不轻易地取现了。

土耳其"民族的太阳"

5月19日是土耳其共和国的国父凯末尔的诞辰日,这一天土耳其全国放假。凯末尔的地位在土耳其无人能比,被誉为"民族的太阳"。

第一次世界大战后,凯末尔领导土耳其人民开展了以反对帝国主义侵略瓜分、捍卫民族独立主权和建立民族国家为目的的资产阶级革命运动(1919—1923),这场运动在世界各国的历史教科书中被称为"凯末尔革命"。在整个土耳其以及北塞浦路斯,他的铜像无所不在,没有任何人对他卓越的军事和政治才华以及个人操守持有异议,居民小区的铜像前常常有百姓默默地自发献上鲜花。土耳其共和国至今基本上沿着他制定的"政教分离"的民选体制道路前进。

在安卡拉,最值得一看的就是"国父陵",其布局和建筑的雄浑大气,三军卫队的威武风采,以及博物馆内配套的各式精美纪念品,令人感叹。不过我在博物馆里十分意外地发现了一张蒋介石送给凯末尔的个人照片，上面有端端正正的毛笔字：蒋中正赠，民国二十四年三月。

街头凯末尔总统雕像

凯末尔对土耳其的文字进行了拉丁字母的改革，被誉为"土耳其第一教师"，所有的大中小学都矗立着他的铜像，似乎中东技术大学安卡拉本部是唯一的例外。据安卡拉大学东语系教授欧凯介绍，早在1935年，在凯末尔的倡导下，安卡拉大学就成立了汉学院。如今我们中东技术大学孔子学院的成立也算是对其汉学倡导的一个历史回应……

土耳其的"安大"和"中大"

土耳其华人圈子里说的"安大",指的是"安卡拉大学",结果一位初来乍到的同胞听了半晌才反应过来,微笑抱怨道:"我还以为您说的是我们安徽大学呢。"

安卡拉大学在安卡拉有好几个校区,占尽黄金地段,值得一提的是该校设有汉语系,土耳其著名的汉学家欧凯教授就在该系任教。据欧教授介绍,早在1935年,土耳其共和国的国父凯末尔总统就指示要在土耳其高校开办汉语专业。目前安卡拉大学汉语系有100多位主修汉语专业的土耳其大学生,任教的老师除了土耳其当地的老师外,还有多位中国老师,其中有我们国家汉办派出的钱文华和肖静芬两位老师。中国老师中还有来自祖国宝岛台湾的汉语老师,两岸的汉语老师同在一系,相互切磋,一起教学,关系融洽。

土耳其的"中大"也被缩称为"中东技大",因此不太容易与国内的"中山大学"混淆,它的直译是

"土耳其中东技术大学",也被译为"土耳其中东理工大学",是20世纪50年代中叶由美国援建的,全英语教学,招生面向整个中东地区。它理工专业的实力在土耳其首屈一指,因此被当地华人称为"土耳其的清华"。近年它在文科方面也奋起直追,并在2008年11月与中国国家汉办和厦门大学联手,成立了土耳其第一所孔子学院。"中东技大"在安卡拉郊区有很大的占地面积,但它仍在北塞浦路斯建立了一个新校区,因此该校的孔子学院在其新旧校区各有一个汉语教学点。

在土耳其开设汉语教学课程的还有埃尔吉斯耶大学、法蒂大学、奥坎大学,而土耳其的第二所孔子学院——伊斯坦布尔海峡大学孔子学院也即将成立,中方院长倪兰已经到达并着手具体工作,这是国内的上海大学与伊斯坦布尔海峡大学联办的结晶。

在土耳其高校学习汉语的学子们都把能进入中国深造作为他们奋斗的重要目标之一。

星月大红旗

你还记得 2008 年北京奥运会上的第一块金牌吗？那是举重项目的金牌，会场升起了冠军选手中国的五星红旗，但我却盯住亚军选手的国旗——土耳其星月红旗，这是我第一次如此认真并有些激动地盯着这个横跨欧亚国家的大红国旗，一弯新月，一枚五星，因为我行将奔赴这面国旗的国度去创办该国的第一所孔子学院。

当我在伊斯坦布尔的阿塔图尔克国际机场转机前往首都安卡拉时，发现候机大厅外有一长排的旗杆，十几根哪，上面迎风飘扬的全部都是土耳其的星月红旗，简直就是一个国旗阵，不过如此壮观的"旗阵"在首都安卡拉就司空见惯了：平常的日子，城市的高层建筑上总有迎风拂动的星月大红旗，一有什么纪念日，更是满城尽是星月旗，安卡拉是一座山城，放眼望去，旗楼旗山旗城，好不壮观！

说起土耳其的国旗，我总忍不住说起"星月大红

在星月大红旗前留影

旗",那个"大"可不是一般的大。我们孔子学院初期的办公处寄居在中东技术大学"亚洲研究中心"办公室里,这是一座12层的大楼,应该是全校首屈一指的最高建筑,只要有什么好日子,这座大楼就立即披挂国旗,注意,我用的是"披挂",绝对精确,一面超大的星月大红旗就像瀑布一样,从楼顶一直倾泻到一楼,把大楼的一整个楼面覆盖得严严实实!从高楼上放眼望去,这样披挂红旗的建筑一座又一座,很像一个个严阵以待行将出发的土耳其红旗勇士。

关于星月红旗的颜色,有多种说法,最多的一种与中国异曲同工——象征着"烈士的鲜血":第一次世界大战后雄踞亚非欧三大洲的奥斯曼帝国分崩离析,

安卡拉街头摊贩

土耳其民族面临着外敌入侵和被奴役被肢解的巨大危险,凯末尔领导的土耳其军队奋起抗击,他曾在岩山上看见因月亮反射而形成的血红的光芒,这是形成土耳其星月红旗最初的蓝图,当然其中也糅合了奥斯曼帝国的元素。

不过真正让我感慨的倒不是星月红旗的"大",而是它的"小"。在很多居民区的小窗口,常常都能看见小小一面星月红旗沿窗台静静地垂悬,起初我还猜测这是居民委员会的安排,因为在厦门我们家就曾接受过类似的安排,不过再观察就发现应该是各家各户的自发行为。每每遇上安卡拉的群体活动,就总会发现贩卖国旗的小贩三三两两,生意相当红火,民众自发地买国旗,特别是大人给孩子买小国旗,一路招摇挥舞,与高高飘扬的大国旗遥相呼应……

从踏上土耳其国土的那一刻起,我就感到星月红旗的无处不在。这是一个处处国旗飘飘的国度,是一个老百姓有很强国旗情结的国度,那一面很红很红的大旗,那上面的一弯新月和一枚五角星,总是那么令人遐想……

第二部　孔院传奇

一个中国孔子学院院长的梦想

我曾写过《善待繁体字》一文,表达了内心对繁体字的钟爱,拙文很受一些"传统人士"叫好,有人专门写文附和,还被《光明日报》主办的《光明观察》栏目采用,并被《儒家邮报》的版面收编……

但我并非复古派,对繁简二体我是地地道道的"骑墙派":我对繁体字的感觉仅仅停留在"要求善待"的层面上。在我上小学一年级的时候,繁体字已经被语文课本全面剔除,我还清楚记得儿时曾经把一部繁体字印刷的小说《戰鬥的青春》说成了《战门的青春》,闹出了很大的笑话。繁体字羞辱了我,我自然也就对它又恨又怕。

"文革"时闹书荒,厦门又闹武斗,街头流弹伤人,我被父母"软禁"家里,百无聊赖之中,无意中发现一本《三国演义》,是繁体字的老破书,于是饥不择食,对繁体字的怨恨顿时烟消云散,连想带猜,竟将整本书攻读了下来,也就基本完成了"由简识繁"

的过程，那是1967年，小小少年，我就在繁简之间来去自如。

不过年过55，我又开始惧怕繁体字了，因为要到土耳其履职，由于国家派遣的教师迟迟不能到达，我就亲自上阵，一个人单打独斗，奔波于安卡拉和北塞浦路斯之间，为有着"土耳其的清华"之誉的中东技术大学两个学区的汉语班讲课。一开始就沉入第一线，其实也是有苦有乐的。

我的生源无疑都是最优质的，本科到博士应有尽有，他们对中国文化的热爱更是超乎预料，但他们一接触方块汉字，顿时个个战战兢兢，信心不足，在初学阶段就立即形成了"爱汉语拼音，怕汉语文字"的矛盾局面。有一位同学甚至当面问我："今后汉语课的考试是考拼音还是考汉字？"当他获悉很难逃掉方块字的"夹击"时，"当机立断"弃课而逃。

这对我的打击很大，我甚至担心会有连锁反应。校方规定选修课有半个月的试听期，此间可以随时换选。在这里，英语是必修的，选修的第二外语中，由于历史和现实的原因，德语有优势，汉语与俄语、西班牙语、希腊语、法语、日语均不受待见。要扩大汉语的"势力"，我必须全力以赴了。除了让试听的同学们爱汉语拼音爱得飘飘欲仙外，我还让他们知道汉字的"一、二、三"不过伸伸手指头就能轻易学会了，"我们、你们、他们"区区一个"们"字就搞定了"我你他"所有的复数，最大快人心的是"昨天、今天、明天",紧随其后的所有动词几乎没有时态变化,"昨天吃饭,今天吃饭,明天还是吃饭",一个"吃"字贯穿古今,我讲得摇头晃脑,洋洋自得,把汉语比英语简便易学的"特点"大加渲染……

但当讲到最最关键的"汉字"笔画和偏旁部首时,同学们一个个全傻眼了,什么"横、竖、点、撇、捺",一个个都如同画天书,特别是那个一开始就跳将出来的"也"字,"横折勾"与"竖弯勾"两个"复合笔画"就足以晕倒一大片金发男女。幸好我教的都是清一色的简体字,如果让那繁体字来折腾,我看这些初学者十有五六会弃课而逃的。

为了尽最大努力留住初选汉语课的学生,在开学

孔子学院院务会

仪式上，我搬来了孔子学院的土方院长阿亚塔教授和我国驻土大使馆的文化参赞史瑞琳，让他们妙语诱人。史参赞还现场颁发了小礼物，不要小看小礼物的威力，一个小巧的"中土友好"纪念章，一个镶着麋鹿皮的钥匙圈，我看了都好生喜欢，更何况这些土国阳光的男生女生们。

为留住学生，我还有"秘密武器"，就在第三课《你是哪国人》结束的紧要关头，就在他们刚刚学会"中国"这两个方块汉字的关键时刻，我拿出了早就精心准备好的精美的中国邮票，以及我的老母亲十几年来为我从信封上剪下来并洗下压平的几千张中国邮票，"辉煌"地摆在课后的桌面上，"每个人挑几张，上面的'中国邮政'会帮助你记住今天学习的汉字的"。这些土耳其的大学生和研究生们顿时个个喜出望外，孩子似的挑选得不亦乐乎。我心里暗暗高兴，感觉我的"秘密武器"终于发挥了作用，继而转头热泪盈眶地朝着祖国的方向在心里默默地念叨："妈妈，亲爱的老妈妈，您这些年来为我一枚枚剪藏的这些邮票终于有了一个最佳的去处了！"

不过在送邮票前我有一个"小动作"：事先已经把邮票里所有的"敦煌壁画"都挑了出来，因为这个系列邮票上的字都是繁体字，如果摆出来，只怕会吓了人家，那我的生源就麻烦了。

"敦煌壁画"要送也得等他们能达到"加拿大的大山同学"那个水平后，到那时，我不但会送他们全套的"敦煌邮票",也许还会争取送他们到敦煌的故乡去一睹为快的!

这是我的梦想,一个中国孔子学院院长的梦想!

万般无奈一"餐"字

汉字中难写的常用字,"餐"字肯定算一个,光是笔画就多达16画,而且16画中还包括了4个复合笔画,在所有简体字常用字表里,它可是最棘手的一个字,可谓"简体字中的繁体字"了,不瞒您说,我自从大学毕业后,还常常不能写好一个"餐"字,真是愧对这大中华的"一日三餐"了。

《新实用汉语》第一册第十课《餐厅在哪儿》让这个"餐"字大大咧咧地迎面而来,这次无论如何也是"在劫难逃"了,老夫我暗暗叫苦,自己都吞咽不下的"餐"字现在却要人家老外来生吞活剥,这下该如何是好?一时间豆大的汗珠挂满额头,还真想对老祖宗的《说文》和《广雅》提提意见,既然"餐,吞也","餐,食也",那么"吞食"足矣,又何必造个"餐"字来折腾,实在烦也,确实繁也!

最好的办法莫过于将其大卸四块,左上角为"餐"的准简体字,再与"又"、"人"和"良"四字相配合,老外一个个圆睁大眼,拿着笔照猫画虎,好不容易拼凑完成,结果不是缺胳膊少腿,就是歪歪扭扭,摇摇欲坠,大大方方一个"田字格"愣是装不下一个大大咧咧的"餐"字。

我的学生们

想想自己过去几十年的时光,又何曾老老实实把16画的一个"餐"字写得完整无缺?遵循"己所不欲,勿施于人"之原则,亦可谓"将在外,军令有所不受",我擅自决定:恩准各位老外同学暂时只要写成这个"餐"字的四分之一便可,就是左上角的那个"准餐字",写好了这个"准餐字",绝大多数中国人是可以心领神会的。这下老外学子都开心地笑了,大有如释重负之感。一下减负四分之三,不乐也难?!

  我想,等学过一年半载之后,我的这拨老外学生有了一定的基础,精通了"食堂"、"饭店"和"酒楼"之后,我再杀个回马枪,再来好好解决这个麻烦的"餐"字。

我的"英土双混"

在土耳其工作最大的苦恼就是不会土语,一开始就像哑巴,出门前先请人用土语写上要去的地方以及返回的地方,然后就出发了,幸好土国老百姓中热心人很多,他们会给你详尽的指点,这样的"哑巴出门法"基本管用,去回无忧。

但显然这不是长久之计,我发现首都安卡拉土人中略通英语的人大约有五分之一,但我能操作的最有效的语言不是英语而是"英土双混语"。我没有系统学习土语的打算,到土耳其来从事对外汉语教学只有两年的时光,一如服兵役,首先把本职工作做好,我不大可能花太多的精力私下学土语,但由于身处的环境,总有一些土语单词无师自通,或者说不学白不学,有些单词会自然而然入耳入心,像土语"早晨好"叫"古乃登",叮咚悦耳,加上似乎有英语 good morning 的"前缀",一听就刻骨铭心,想要忘记都难。

我下飞机学到的第一个土耳其语单词是 su(水),

好大一个字出现在广告上,呵呵,生命离不开水啊。土耳其人喝水很讲究,非矿泉水或纯净水不喝,我当然入乡随俗,桶装的矿泉水喝完了,就拜托公寓的管理员打电话为我送水。

我进入中东技术大学后主动求学的第一个土语单词是cin(中国人),音发"庆"。这是因为自己老被人家土人误会为"日本人",其实后来与日本人交谈,才发现他们被误认为中国人的几率也不小,不过我对此却耿耿于怀。一般被误会的形式有两种:第一种是在对方无法确认你是日本人还是中国人时,他们往往会嘀咕一声"空你叽哇"(日语"你好"),此为"试探式"的,我尚能勉强接受,无非是回敬它一个"你好"。其实"你好"的知名度在土耳其是越来越高了,目前大有超越"空你叽哇"的势头。

第二种方式就让我很生气,对方会直截了当地称呼你"日本人"。土耳其语中"日本人"音为"加奔",和闽南话的"吃干饭"近似。要知道在土耳其是买不到电饭煲的,我已经很久没有吃纯粹的干饭了,土耳其的干饭中不是加了橄榄油,就是添了七七八八的粉料或肉馅,这根本不合我的口味,只能浅尝辄止。叫我"加奔",不但弄错了我堂堂的中国国籍,而且戳中了我的胃袋,引发我吃干饭的思乡症,可谓一语双失,所以为了防患于未然,当我估计对方要发出"加奔"的胡言乱语时,我往往会先发制人,抢先呛声:

"I am 'cin'!"在这里"我是"用的是英语,而"中国人"用的是土语"庆",如此英土结合,效果极佳,甚至可以说是所向披靡!

自从"I am 'cin'"首战告捷之后,我大大强化了自己"土英双混"的尝试欲望。例如水喝完了,就自力更生抓起电话,拨通矿泉水公司,然后一字一句"I'm 'cin', I want 'su'",对方一下就明白了,因为在整个教师生活区,我是唯一的中国人,有"su"又有"cin",人家立马兴奋地OK连连,这分明让说话和听话的双方都极富成就感,从此我就不再需要老麻烦人家公寓管理员替我完成叫人送水这样技术含量不高的活计了。

安卡拉的私家小巴很活跃,是解决我"出门难"的最好帮手,它有一个专门的土语"多目需",而这些小巴起始站都在一个叫asti(阿丝替)的站点,于是每每出门,我就来一个英土混合:"I want to get on 多目需, I'm going to 阿丝替",其后就风驰电掣,顺利出发和抵达,无论是面对懂英语的或者不懂英语的土人,总能如鱼得水。

哈哈,我的"土英双混",我屡试不爽的"土英双混"!

"萨拉姆-阿莱控"

温家宝在开罗阿拉伯国家联盟总部作了题为《尊重文明的多样性》的演讲,他一开始说了"萨拉姆-阿莱控",全场似乎先愣了一下,随即响起了热烈的掌声。我在网络上看中央电视台新闻联播的时候,也愣了一下,然后开心地笑了。上个月,我的土耳其学生刚刚教了我这句问候语,他们称"萨拉姆-阿莱控"不仅可以在土耳其使用,而且几乎整个伊斯兰世界或阿拉伯国家都可以尽情使用。我似信非信,有这么神吗?不过看着这些可爱的学生们一个个期望的眼光,我还是把这句话学了下来,并请他们把文字写在我的笔记本上:Selamun Aleykum(阿拉伯语为 Salaam Alykum,发音相同)。隔周上新课,热心的学生竟先考我,我脱口而出"萨拉姆-阿莱控",结果全班同学都鼓掌了。呵呵,好险啊,当时要是没有真学,那他们该有多么失望啊!

那么这个"萨拉姆-阿莱控"是什么意思呢?新华

社在刊登温总理的讲稿时翻译成"大家好",翻译得比较勉强,是根据演讲场合的变通性翻译。事实上当两个阿拉伯人碰面时常常会说"萨拉姆-阿莱控",是相互问候语,哪有什么"大家"呀?

"萨拉姆-阿莱控"就是"萨拉姆-阿莱控",一句简单的问候语,音译比意译要传神,但音译成"萨拉姆-阿勒困"似乎更接近原来的发音。我认为也许用音译加意译的"伊斯兰'色蓝问候'"是目前最接近原意的汉语表述。"萨拉姆-阿莱控"这句问候用语的翻译难度本身就说明了世界文明的多样性。

我曾开玩笑地告诉我的学生,你看我们汉语的一个"你好"多简单,你们的一个"萨拉姆-阿莱控"让我学得好吃力。学生急了,又教我说可以简化成"萨拉姆"的,而当别人问候你"萨拉姆-阿莱控"的时候,你可以回答"萨拉姆-阿莱控",也可以简化成"阿莱控"的。

现在每当土耳其朋友招呼我"你好"的时候,我不仅"你好"回复,而且还微笑地补充一句"萨拉姆-阿莱控"。

土"春节"上泡厦茶

每年 5 月的第一个周三到周日连续 5 天是土耳其中东技术大学的"狂欢节",全校数以万计的师生成天都聚集在校园的"松林公园"及其附近的小广场、体育场和绿草坪上,尽情地展示自己的才艺,尽情地释放自己身上多余的热量。这个狂欢节居然有一个令我们都大吃一惊的节名——"春节"(Spring Festival)!

这里不仅有爵士乐摇滚区、民族器乐演奏区、流行歌曲演唱区,还有"涂鸦区"、"国际象棋区"、"关注残障区"等各个区域。校方在校园的松林、绿地和广场上搭建了大大小小的舞台和形形色色的凉棚,让全校不同门类的文化社团各显神通,让师生自由而尽情地展示才华,同时开辟有"国际区",让外教和留学生充分展示各国文化。每日都有数以万计的师生汇聚其间,校园成了欢乐的海洋,场面的宏大与热烈不但为土耳其校园第一,而且也是整个中东地区最有影响力的校园文化活动之一。

中国茶,孔子情

尽管这个节日与中国人最有影响的传统节日同名,但中国留学生却从来没有参与其中,即便是各国学生都热情参与的集体舞,内敛的中国少男少女也只能悄悄地在一旁观看。但这次不同了,我来了,老夫我主动报名,在"国际区"的舞台上表演"闽南功夫茶艺",让我们的五星红旗高高飘扬在校园的上空,使得这个历史悠久的校园文化活动第一次有了中国人参与的节目!在中国留学生的协助下,我一连冲泡了多包厦门"海堤牌"的武夷岩茶和铁观音茶,在场的土耳其和各国师生争相品尝,场面极为热烈。他们不但对厦门老茶的神奇滋味赞不绝口,还对泡茶的白瓷小杯也爱不释手。我平日舍不得喝的"厦茶"终于有了一个最佳的用处!

节日活动组委会领导对本人的表演高度评价,一再表示谢意,并强烈希望孔子学院"闽南功夫茶"的表演能从此成为该校"春节"的保留节目。我知道我的泡茶技艺很一般,但我充满了自信,因为越是地域的,越是乡土的,就越是国际的!

遭遇《梁祝》

《新实用汉语》进展到《我在这儿买光盘》这课时，却"半路杀出个程咬金"，这个"程咬金"不是杀气腾腾的"双板斧"，而乃凄美的"双飞蝶"——《梁祝》。"梁某"和"祝某"是在课文一段对话里闪亮登场的："这张光盘怎么样？""这张很好，是《梁祝》，很有名。"

说实话，我认为这个"梁祝"出现得太早了，太唐突了，在洋学生库存只有百来个汉字的基础上，就让两个笔画较多且并不是太常用的汉字"梁祝"悍然粉墨登场，简直闹得我们当老师的有点手足无措，再说逼着不明就里的老外们早早爱上《梁山伯与祝英台》，根本就是缺乏爱情基础的"早恋"，得不偿失嘛。更让人百思不得其解的是，既然已经把"梁祝"隆重推出来了，既然已经借他人之口赞美它"很有名"了，可课文的解释却只有一句单薄的英语："中国著名的小提琴协奏曲"；配套的《教师用书》更没有只言片语。

怎么能这样冷处理"有名"的《梁祝》呢？我听了其他有经验的对外汉语的老师的课，他们也是简单地应对，用汉语拼音 Liang Zhu 处理了事。的确，把"梁祝"二字双双用汉语拼音译之述之，无疑是最省事最准确，同时也是最干净利落的办法了。

但我不行，这样的"干净利落"让我受不了，既然是名曲，就坚决不能让它无声无息地悄然离场。我于是决定和同学们开一个玩笑，先模仿先前第四课的句型"我姓陆，叫陆雨平"，请全体男生跟我读："我姓梁，叫梁山伯。"然后再请全体女生跟我读："我姓祝，叫祝英台。"然后坦白从宽，"《梁祝》是中国一个姓梁的男生和一个姓祝的女生纯真的爱情故事"，哇，全班同学都流露出了羞涩的微笑。这时我一脸严肃，正告道：上周进行的考试中，就有两个同学在选择填空时把"姓"和"叫"弄颠倒了，直到刚才课前还有同学认为我叫'郑'而姓"郑启五"，我希望这个中国人家喻户晓的爱情故事的两个男女主人公早早地光临，能让大家永远不要再犯姓与名颠倒的错误。

接着我简单地讲述了梁祝二君的爱情故事，丝毫不敢展开，并断然以"中国的《罗密欧与朱丽叶》"草草鸣金收兵。虽然在厦门大学的漳州校区我多次作了"当代大学生异性交往"的大型演说，但此时此刻却断然不敢造次，毕竟国情不同，文化有异，课程不同，风俗有异，稍有不慎说漏了嘴，必定误事。

可这些学生又哪是好糊弄的,他们一眼就看穿了我企图在关键问题上溜之大吉的小算盘,一致要求我再说说这个"中国的罗密欧与朱丽叶"同莎士比亚的异同究竟在哪里。我不得不坦然告之,这是一个很大的学术命题,希望各位学好了汉语之后可以自己进行对比,但我的感觉是二者都是爱情,都是悲剧,只不过中国的悲剧在结尾处理得浪漫了一些,以双飞蝶美丽的翻飞舒缓了观众悲伤的心绪,因此也给了小提琴的旋律一个翻飞的空间。

不能再纠缠下去了,否则就是本末倒置,再说课时也不允许,我最后勉为其难,硬着头皮用五音不全的嗓门,哼了一段小提琴协奏曲《梁祝》的优美旋律,并保证在今后会找来该协奏曲的"光盘"让各位尽享耳福,如此才让这些意犹未尽的土耳其大学生们放我一马……

走进大使馆

大使馆总显得有点神秘,即便是我,也一直无缘走进大使馆内部。

早在 1986 年夏,我到美国芝加哥开会,办理签证到了广州。当时美国驻广州领事馆暂借东方宾馆办公,我就在领事馆接待处的小窗口交了文件,接收文件的是中国的雇员,好像也是广州外事办的工作人员,整个过程没有见过任何一个美国佬,领事馆当时给我的印象就是一个寄居宾馆的概念。随后到了美国,在纽约转飞机时在中国驻纽约领事馆住了一个晚上,住宿费照交,走过一个阴暗的过道,管理住宿的中国老汉打着赤膊在下象棋,很北京的爷们。与我同室住宿的陌生人自称是在非洲援建的同胞,到纽约游玩时丢了护照的。第二天一早我在领事馆的铜牌前留了个影,就匆匆直奔肯尼迪国际机场,所以到了美国,中国领事馆留给我的仅仅是一间中式招待所的记忆。

后来出国直来直去,办理护照也是由出入境服务

在土耳其中国大使馆门前留影

公司一条龙服务化了,什么大使馆、领事馆一直与我没有任何干系。这次到了土耳其,因为中国大使要会见厦门大学的代表团,我也应邀参加,心想这下总可以走进大使馆一睹为快了。可到了目的地一看,原来是"大使官邸",这个专门用于接待的"官邸"和大使馆还不是一回事,地点也不在一起。大使馆于我依旧神秘。

某月准备到日本开会,我走进了日本驻土耳其大使馆,高墙深院,层层安检,我在接待厅与内部工作人员对答，居然隔着厚厚的钢玻璃，如同探监一般，文件的交接也靠一个转盘带进去，甚至在使馆周边摄影也不允许。

这次接到中国大使馆文化处史参的电话（"史参"是史姓参赞的简称，"张参李参"的简称已经成为使馆内外中国人的常用语），说是宫大使要约见我，要我打的过去，我想这下走进大使馆内部的夙愿将如愿以偿了。但我不愿意打的，一是太花钱，没有二三十个里拉（百来块人民币）是拿不下来的；二来打的显得自己太无能，我相信自己有能力在人地生疏的情况下，一举能找到我们的大使馆。

我先把史参的名片找出来，把上面的土文地址在一张白纸上照猫画虎描了一遍，进而雄赳赳气昂昂地出发了。我这样信心满满，全因为安卡拉市民太善良太热心。我很清楚，只要掏出字条一问，即刻会有热心人指点迷津，而且往往被问的人自然而然富有"第一责任人"意识，即便他不清楚也绝不放弃，而是转问他人，一直到问出个头绪来为止，弄得紧跟其后的我非常不好意思。

果不其然，我就凭着这张自己看不懂的字条，先乘"多目需"（当地一种公共小巴），然后转乘公交大巴抵达大致的区位，最后问一位能说英语的中年知识女性，她一口气带了我好几百米，拐来拐去，把我领到中国大使馆的路口，让我见到远处高高飘扬的五星红旗后，她才放心地离去。

身在海外，每每见到我们的国旗总是有种与之合影的冲动，我迫不及待先在使馆门前照了几张相，好让亲朋好友一同分享。而后按门铃，保安正准备盘问，史参已经下楼来接了。对史参来说，我自然是客人，但对土耳其保安来说，我可是主人了，于是我就这样以主人和客人的双重身份步入庄严的中国使馆大楼。

这一进就长驱直入了，一直进到心脏——大使办公室，然后一屁股坐在了办公室松软的大沙发上。在这之前，我与宫小生大使见过几次面，他平易近人，且憨厚热情。没有什么客套，我们的谈话一下就直奔主题。

我先向宫大使和在座的两位参赞汇报了半年来的工作进展，对使馆的关照和支持表示感谢。大使仔细询问了孔子学院在工作中存在的困难和问题，并提出了解决的方案。

整个会见历时近1个小时，自始至终处于非常热诚和亲切的气氛里。随后我走访了大使馆的文化处，拥挤的书架上图书和影视光盘各占一半，呵呵，最外面的一盒竟是《雪山飞狐》。我向史参提出近期工作的一些设想。史参曾在安卡拉大学留学，毕业后在土耳其大使馆工作十几年了，一口流畅的土语让土国同行十分喜欢。管中窥豹，从他这个"土耳其通"的身上可以看出在改革开放政策下我国一批杰出的中青年外交官成长的历程。史参热情豪爽,与我一见如故,几次交往,更是情同哥们,这是我来土耳其很值得庆幸的事情之一。

走进中国大使馆,感觉就像走进我们厦门大学嘉庚楼的办公室,公事公办又无拘无束。

我的"巴士"我的"巴"

《新实用汉语》上到第七课时,遇上一个拦路的生字"巴",编课本的书生之所以让这个索然无味的"巴"早早跳将出来,纯粹是为了照顾"爸爸",当然潜伏在"父"字下的"巴"还是为"爸"字的发音起到了某种暗示功用。

但一个"巴"就这样"干巴巴"地草草了结,这不是我讲课的风格,也似乎与《新实用汉语》的"新实用"有明显的落差,再说一班学子不是本科的才子,就是研究生中的佼佼者,可不能小看了人家的智商。于是我一不做二不休,大大咧咧开出我的探索号"巴士",此时此刻我才发现在汉语中的"巴士"与 bus 的原声有多么地接近,如果没记错,这个音译词是早年从香港原装进口的,当时似乎还觉得它带有殖民地色彩呢,大浪淘沙,可见音韵的契合才是硬道理!当我在黑板上写出"巴士"并念出声时,竟有半数的学生不约而同下意识地随即说出了意思,心有灵犀,无师自通！

尽管初来乍到，但我已经发现土耳其语里的不少外来语与英语原型很接近，比如"polis"（警察），比如"pasaport"（护照），比如"taksi"（出租车），都与英语貌合神似，发音也套近乎，一猜就猜个八九不离十的。回到我的"巴士"上来，我和盘端出他们很熟悉很喜欢的三个神妙汉字"大、中、小"，然后分别与"巴"联姻，结果信手就组装出三种不同规格的交通工具，啊，多么轻巧，一下就赚了三个常用的汉语词语。我开始描绘自己上北塞浦路斯讲学归来的打车经过，乘机场专线"大巴"到 asti（"汽车站"，我仅有的几个土语单词之一），然后在那里的路口拦截过路的"中巴"和"小巴"，说得绘声绘色，"巴巴巴"地把男女学生一个个逗得喜笑颜开，看来他们和他的中国老师一样，都是社会上艰辛的"无车族"，都是常年跻身大小"巴士"的书包客。

最后，我双手摊开，动情地宣布：亲爱的同学们，让我们紧紧地拥抱这个"巴"吧！全班男女为之雀跃，大鼓其掌，我的这些土耳其最高学历的"小学生"们在一个动感十足的"巴"字上满载而归。

我驾驶我的"巴士"前行在安卡拉多坡的山城路上，天气很好，心情很好，于是吹起了口哨，眼前浮现出多年前看过的一部港片《巴士奇遇结良缘》。

先说了再说

那年在加拿大进行学术交流的时候，听了当地的华人学者讲了这样一件事：有对华裔夫妻，都是上班族，年幼的孩子正在上幼儿园。附近一位退休在家的法国老太太便自告奋勇，义务为他们接送孩子。可没过多久，邻近有一位日本老太太主动来与孩子套近乎，又是送水果，又是送玩具，终于成功地夺得了孩子的"义务接送权"。不过这下那位法国老太太受不了啦，就把"夺人所好"的日本老太太告上了法庭。

究竟是什么原因让两位老太太对簿公堂呢？是华裔孩子太可爱，还是日、法老妪太寂寞？也许都有，但最主要的动因是在这个移民社会里，她们双双都希望这个小生命能尽早地接受她们各自民族的语言，这是法语和日语在北美某个小社区里的生存争斗……

以上这个例子似乎有点极端，但其说明的道理却是不言而喻的。但反过来说，一个老外学了汉语，那么他对中国的了解肯定要高许多，他对中国友好的几率也要大得多，而善良的中国人更会对会说汉语的老外抱有更多的亲切感乃至亲近感，甚至有莫名的感动。例如加拿大的那位"汉语明星"大山同学，他在中国的知名度恐怕要高过他们国家的总理；而另一位会说汉语的澳大利亚总理陆克文，他的演说开场白："天不怕，地不怕，就怕老外说中国话"，朗朗上口一句话，就乐坏了好几亿中国人！

其实陆克文先生的爆料只是幽默的戏说，从大山和陆克文一口流利的北京话可以看出，老外说中国话并不是太难。安卡拉一位年迈的汉学家用汉语与我交谈时，他那一口漂亮的京腔令我觉得这位白发银须的土耳其老人仿佛是《西游记》里走出的神仙……

在我的教学实践中，第一堂课仅仅用了 15 分钟，就教会了那一群从未学过汉语的老外大学生和研究生说出了很标准的 10 句汉语日常用语——"你好"、"谢谢"、"再见"、"对不起"、"没关系"等，那迅速支撑着他们能说会道的秘密武器就是他们紧紧捏在手心的汉语拼音，这也让初试者大大增添了学好汉语的信心。

相比各种语言，汉语是比较容易说的语言之一，这是汉语的长处，汉语学习不妨先易后难，先说后写，快乐地说，幽默地说，优雅地说……反正学习汉语，先说了再说！

越过拦路虎

汉语拼音绝对是个好东西,学汉语的老外基本上是人见人爱,但问题是他们在倾心汉语拼音的同时,对汉语方块字却怕得要命,笔画难,部首更难,"从上到下,从左到右"等书写规则更是难上加难,连我们中国人自己都觉得不大容易,人家老外自然倍感笔重千斤,"三难"构成了从拉丁字母到方块文字的拦路虎!

所以陆克文说:"天不怕,地不怕,老外最怕写汉字。"我推测,像土耳其汉学家欧凯教授这样的专业人士,写一手漂亮的汉字应该是没有问题的,而大山和陆克文的书面汉语应该远没有他们的口语来得棒!我的一个初学汉语的土耳其学生问我的第一句话就是:"汉语课今后的考试是否可以不要考方块字而只考拼音?"当他得到我的否定回答后就毅然决然地弃选了课程。他的这一决定也许无可厚非,显然他清醒地认识到自己无力或没有充裕的时间把握汉字那么多的

"图形"。

问题是还有更多的学生会半途打退堂鼓的,于是如何在入门阶段消弭学生的畏难情绪,展示"拦路虎"后面鲜花盛开的斑斓原野,领略汉字之美,感悟汉语之魅,"引诱"学生以极大的兴趣、毅力和恒心去凿取汉语言的宝藏,就成了我的一个艰巨任务。

根据最新的学术研究,咱们汉字使用频率最高的方块字只有581个。我于是告诉我的土耳其学生们,汉字其实一点也不难,你把581个字认识了,就可以看我们的报纸了,我并把这581个字在纸上列了出来。这一招还真有效,我的学生对汉字的畏惧感无形中少了许多。

我的伊拉克学生

上学期我们孔子学院的汉语班有三位留学生，分别来自吉尔吉斯、土库曼斯坦和柬埔寨，这学期学汉语的新生中又增加了一位来自伊拉克的学生。据任课的张老师介绍，这位伊拉克小伙子 Ali 在语言学习上特别有天赋，已经能熟练地说阿拉伯语、土耳其语、俄语和英语，现在又开始进攻汉语了。这引起了我的兴趣，就请他来坐坐。没想到才发出邀请，房门就响起了他到访的敲门声。

老实说，过去我是不大相信有这样的语言天才的，我的记忆力应该是很强的，可只学一门英语就耗费了不少精力，而且还学得歪瓜裂枣的，别人也是一个脑瓜，何以能创造出"学了几门"的成就？

我开了门，传说中的 Ali 出现了。我发现他有一张很平常的脸，这是从一个很不平静的国家飘来的一张很平静的脸。我还觉得他的个头比我想象的要高。他始终微笑着，一个很阳光的大男孩！我们的英语交谈首先从伊拉克的足球队开始，我说我是伊拉克队的fans，他立马笑了，笑得很开心，并连声说谢谢。足球真是一个好东西，让我一脚就踢开了畅所欲言的大门！

我们的话题从足球转向了石油，进而跳跃到驻伊美军、抗议游行等，这样的国际聊天很过瘾，Ali有一个说法很让我有些惊讶：伊拉克的许多恐怖爆炸其实就是美国人的地下雇佣军自己搞的，为的是制造不撤军的理由，以便获取更多的石油利益……

当然也言归正传，谈到汉语学习。Ali侃侃而谈，说他学了汉语就是准备今后与日益强大的中国做生意，他自称目前已经被汉语的魅力所倾倒，他还说如果有可能，他准备到伊拉克建一所孔子学院……学汉语建孔院？这是一个大胆的想法，至少不完全是天方夜谭，在全球近百个国家280余家孔子学院的名单上，伊拉克还是一个空白！这下轮到我笑了，笑得很开心，老脸应该因为喜不自禁而有些阳光灿烂的了！

最后一课请喝茶

在土耳其语中,"茶"是 cay,汉土两语发音相近。我恨不能第一课就把这个"茶"字教给我的土耳其学生们,早早摇响那远古"丝绸之路"的驼铃。可我采用的课本《新实用汉语》却一点也不理解我的心情,第二课出现了"我们都喝咖啡",但偏偏没有茶的蛛丝马迹;第九课等来的是"我们喝红葡萄酒","茶"依旧没有"泡"入课文。我所钟情的"茶"仅仅是作为课文的"补充生字"附在文后,连同"可乐"呀,"雪碧"呀,"牛奶"呀,"啤酒"呀,一同姗姗来迟,勉强进入视野,且不纳入必须掌握的"生字行列",这真是太不公平了。

到了这个新学期的期末,我突然灵机一动,我的课堂我做主,我毅然决定给这个"茶"字开一个冠冕堂皇的后门,让它好好享受一下"超生字"的"最惠国"待遇。我让最后一节课提前 20 分钟结束,然后小题大做地宣布隆重举行"胜利完成第一学期课程"庆典。正当同学们面面相觑的时候,我变魔术似的从原本扎得严严实实的手袋里摸出了一套精巧的白瓷功夫茶茶具,全班学生顿时喜笑颜开。这套被套在蓝色拉链小方包里的茶具是多年前我参加闽南的"安溪茶文化高峰论坛"时,"魏荫名茶"茶老板魏月德先生送给我的赠品,一直闲置未用,现在无疑到了该"冲锋陷阵"的最佳时刻了。

为学生泡闽南功夫茶

紧接着我又从神秘"百宝包"里摸出了茶叶、茶滤、竹夹、竹勺、热得快等一系列功夫茶的用具,而原本就屹立在讲台上不露声色的一大瓶矿泉水这下也归顺了"茶阵"。把矿泉水倒入"热得快",把插头插入讲台上的插座,一切的一切都如行云流水,顺理成章,"三尺讲台"顿成一方"茶桌"!

就在全体同学心生渴望,行将对"中国茶"一品为快的当头,我却暂时放下了手中热气腾腾的茶具,重新抓起了粉笔,在黑板上写下了"草字头"加"人"加"木"的"茶"字部首分解,经这么一解体,一幅人与草木乃至与大自然和谐共生的画卷油然而生,让这些粗通汉字的土耳其学子在"茶"字的拆分和组合里领略汉字的趣味和神妙。不过"茶"字有从"荼"字变化而来一说,但对于这一说法我还是刻意回避了,因为此时此刻这样的说法纯属画蛇添足,不但对学生来说于事无补,反而把简单的事情复杂化了。

吊足了胃口,我这才开始大张旗鼓地"白鹤沐浴,乌龙入宫",把闽南金黄透亮的铁观音茶汤,一一均匀地浇入娇小的白瓷小杯中,热气袅袅,幽香浮动,我的"Please,请喝茶"说后,台下同学们争先恐后伸出手来,于是我又趁机唠叨了关于中国的"礼让"和外国的"Lady first"的异同……

"七泡有余香",我这第一学期的汉语课圆满结束了,但一盏中国闽南功夫茶的绵绵余香仍意犹未尽……

图书馆里筑蜂巢

来到土耳其中东技术大学,我第一个要去的地方就是该校的图书馆,馆厅的中央有一个梅花鹿的铜雕好生可爱,鹿的左边楼层图书林立,期刊遍架,阅读的学生十分安静,道道玻璃门上往往有两个打了红叉的醒目标志:"勿吸烟"、"禁手机"。但"梅花鹿"的另一边却迥然是另一番天地,一间很大的阅览室,整个空间犹如一个巨大的蜂巢,看书者嘤嘤嗡嗡声充斥耳膜,令人一度以为误入机房。大惊小怪的我探头探脑考察了一番,只见男女生或三五成群,或六七结伙,交头接耳,窃窃私语,甚至双手比划,激动时竟钢笔与书卷齐舞,声音分贝扶摇直上……当然也有很多人在做作业或看书,或旁若无人地埋头读写,仿佛他们天生就喜欢沉浸在话音的溪流里。这个空间里三分之一是图书区,三分之二是自修区,只有一个图书管理员,自修区还搭了阁楼,楼内布放着同样密集的座椅,难怪浅吟低唱不绝于耳……

原来中东技术大学图书馆特辟的这个区域叫"Reserve",一时不知道该怎么翻译才最为贴切,因为门口的那头"梅花鹿",就不妨把它译为"保护区",呵呵,"蜜蜂保护区"或"噪音储备区"? Reserve让我顿悟,甚至茅塞顿开,其实安静读书是很好的获取,扎堆讨论更是难得的学习机会,二者间存在着巨大的互补性,也许你一生都可以寻到安静读书的机会,可那扎堆交流的美事只能存在于这金色的大学校园里……

紧急包装

我是个阴天出门都怕带雨伞的人,空手多好。

初到安卡拉,在机场见到有男士手里提着一件偌大的衣罩上下飞机,为了衣罩里的西服笔挺无皱,居然这样不辞劳苦,真有点匪夷所思,同时也为土耳其男士如此注重仪表而吃惊。后来与朋友聊起此事,人家笑我少见多怪,在欧洲,这样的男士比比皆是,看来厦门机场这样的风景也是有的,只是自己没有注意到而已。

不过衣罩里面的西装到底是如何的高档,我还从未见过。记得外派前夕,在厦门的大学同学设宴欢送,其中一位早早富起来的海外女同学得知我的新动向,第一个反应就是要请香港师傅为我订制一套西装,吓得我连连摆手。有人说上好的西装要好几万一套,我全当成天方夜谭。不过这次在土耳其,我倒是被迫穿了一套这样金贵的西装,可谓一下从"旧石器时代"跨入了"数码时代",共历时3小时,然后完璧归赵。

事情是这样的。厦大艺术团访问土耳其的重头戏是在中东技术大学校园剧场演绎一场名为"庆祝孔子学院成立一周年：土耳其—中国之夜"的文艺演出。其中一个为孔子学院特别量身打造的节目是《春江花月夜》，集乐、舞、画为一体，演毕，在台上作画的李文绚老师随即将画作现场赠送给孔子学院。原来的安排是请土方德高望重的院长阿亚塔上台接画，但大使馆的余建参赞建议我和土方院长一起上台，这样才显出中外双方合作办院的蕴含意义。厦大领导觉得这个建议很好，立即采纳，于是原本一直躲在幕后的我竟一下子被推向前台。

发奖

领导有领导的考虑和忧虑，他们认为我的西服不上档次，无论如何要紧急包装一下，因为离上台的时间已经不足半天了，领导当机立断，请廖老师立即把他的西装给我套上。廖兄这次来土耳其作的学术报告《中国的新外交和对外关系》颇受好评，他那套西装也随之完成了这次出征的使命。廖兄是个谦谦君子，听了领导的话，二话不说，就从宾馆提着衣罩送到剧场，这下我才见识了衣罩里的庐山真面目：不但有笔挺的西服，还有衬衣和衣架，可谓提得很辛苦，穿了很方便，真是难为廖兄了！衣来伸手的我非常愧疚，谢声连连，他只是微笑着说："应该的，没事。"

看来只能说是天意了，那套西服居然很合我身，穿上后天衣无缝，一时间浑身上下也亮了不少，只是自己再也不敢乱蹲乱坐，怕弄皱了西服。我穿着衣罩里笔挺的西服演绎了三部曲：先是剧场外迎接来宾，进而剧场内接受赠画，最后演出结束时上舞台和演员一起合影。

我终于明白：人生本身就是一个舞台，而舞台是需要道具的……

意外的"跟贴"

撰写此文时才发现一个不确定因素,"跟贴"的"贴"字究竟是"贴"还是"帖"?百度了一下,"跟贴"有好几百万的词条例句,而"跟帖"更是超过了千万,"帖""贴"模棱两可,网络语词似乎无法分得太清楚。但本文要写的绝对是"跟贴",是走出了网络的"跟贴",不但形象,而且很贴切。

事情是这样的。为庆祝中东技术大学孔子学院成立一周年,我们从厦门大学请来了艺术学院的才子佳人,举行了一系列的庆典活动,大海报印刷80张,贴满了校园的各大宣传点。压轴的重头戏是在校园剧场的一场名为"土耳其—中国之夜"的演出,剧场正门洁净的玻璃上也贴了一张海报,在场内灯光的映衬下,这张海报显得尤为醒目。

演出还有半个小时就要开始了,在进入最后的倒计时,这个时候,有一位土耳其女士,居然当着我的面,把一张黑白复印的纸片张贴在我们的海报边上,

孔子学院一周年晚会

红色的海报突然间来了这么个黑白的"邻居",显得不大协调。不是她不可以张贴她的小海报,而是希望她能在我们的演出结束后才张贴,不差这么几个小时嘛。于是我急忙用英语叫住了她,没想到她居然用还算标准的汉语一字一句地答道:"这是我的中国历史课程。"啊,我扭头一看,那 A4 打印纸上复印的英语是"CHINESE HISTORY"。

刹那间我恍然大悟,人家的紧急"跟贴"要的就是现在的"几个小时"。因为此时校园刚刚开学,各门选修课都在争取学生,这位历史系的老师正是抓住我们"中国风"的演出机会,来"搭便车"为自己的中国历史课程抢生源的。事出意外,我急忙表示抱歉,随即脑筋急转弯，说了汉语"欢迎，欢迎"，那女老师微笑着对我点了点头，一种相互理解的快慰感荡漾心间。

望着一红一黑一大一小的两张海报，它们既和谐又般配，相得益彰，我脑海随即浮起网络的"跟贴"一词，感觉很形象，也对味，而且味道好极了！其实无论是"中国风"，还是"汉语热"，它们双双都还蕴含着诸多未知的元素，比如我的一个土耳其学生，他选修我的汉语课是因为喜欢围棋。

在不同的文化背景下，所有的"意料"都在接受新的检验，所有的"意外"都可能顺理成章。

第三部 再接再厉

走进土耳其的"双十中学"

新学期即将开始,好事连连,我们孔子学院的汉语班不但原来的同学坚持选修新学期的课程,而且还有多达三个班的本科新同学急切地要求加入这个学习汉语的快乐集体中来。汉语热,热烘烘啊,眼下发愁的不是生源的数量而是师资力量,孔子学院总部新近从国内给我增派的两位老师势必也将忙得不亦乐乎。正在这喜愁交集的时刻,安卡拉著名的"阿塔图尔克高级中学"通过各种门路和关系,要求我们孔子学院给他们的高中生开汉语课,并成功地说服了我们孔子学院的土方院长。

说实话,我听到这个消息时是喜不自胜:老外学习汉语,就年龄而言,小学生太小,大学生太老,不老不小的中学生最好。而且这不是一般的中学,而是以土耳其共和国的国父穆罕默德·阿塔图尔克·凯末尔总统的大名命名的著名高中,汇聚了首都安卡拉最优质的生源。我看了该校的"高考英雄榜",在2009

年的高考中，该校有51位最优秀的学子考进了我所在的中东技术大学。

迎着正午的阳光，我应邀走进阿塔图尔克高级中学的校园，瞻仰着校园里凯末尔总统的铜像，于是我又想起厦门双十中学校园里孙中山先生的铜像，发生在20世纪初的辛亥革命和土耳其的凯末尔革命都是推翻封建帝制、建立民主共和的资产阶级革命，有史料说，当时孙先生对凯末尔的革命进程相当关注并给了很高的评价……

阿塔图尔克高级中学校长和副校长迎接我的招呼声打断了我对历史的沉思，把我从厦门双十中学一下又拽回到安卡拉的原地。我在校长办公室坐下来，很快就进入了实质性的会谈。中东技术大学亚洲研究中心的一位研究生担任英文翻译。老实说，我还是平生第一次单枪匹马进入这么正规的双语会谈，协商的内容有两项，一是确定由我们厦门大学艺术学院的李文绚教授给该校上一节中华文化与中国国画的示范课；二是确定由我本人在本学期给该校两个高中班开设汉语课。由于亚洲研究中心主任阿亚塔教授的推荐，说我肯定会赢得学生的欢迎，这就使得我没有推托的空间。但毕竟由于历史的原因，我自己并没有上过高中，一个没有高中历练的人要给高中生上课怎么说也是一种挑战。幸好在2005年我曾经忙里偷闲，应邀回双十母校给第一届的枋湖校区的高中学子上过一学期的文化选修课，多少积累了实战经验，呵呵，真是缘分啊！

会谈中还敲定了该校如何派车接我上课的细节，校长满面愁容地说：接老师的轿车很早就出发，不知你能否在8点前就作好出发的准备。我微笑地告诉他我天天都比公鸡起得还早，只不过校长先生必须给这只中国勤快的公鸡准备好营养丰富的早点。翻译一经译出，几个原本正襟危坐的土耳其校办官员都笑得前俯后仰，一下将土耳其人热情豪爽的天性给激发了出来，拘谨的栅栏不翼而飞，严肃的会谈很快变成了水到渠成的愉快交谈……

我和我的中学生们

我在教务长的引领下参观着这个学校的图书馆和荣誉室,我表示要向该校赠送由我主编的《感悟双十》一书。我仔细查看了该校大大小小的奖牌,并获赠了一本印刷精美的期刊。我还获悉该校的男女篮球队实力雄厚,这与我的母校双十中学很相似,篮球在学生中有着广泛的基础。当然土耳其人在身高上也有优势,例如这个教务长就相当高,与他同行时我就不得不仰头说话,脖子都仰酸了,不过也可能他本人就是一位"老篮球"……

走进"土耳其的双十中学",走进这所有123年历史的高级名校,熟悉的陌生,陌生的熟悉,我期待着人生又一段不辱使命的生命征程……

救急的中国邮票

自本学期开始,每周二我应邀到安卡拉著名的阿塔图尔克高级中学讲授《新实用汉语》,这是我们孔子学院的汉语教学从大学生向高中生的延伸。我要连上四节课:九年级一个班两节课,十年级一个班也是两节课,我一下就拥有66位可爱的土耳其高中生。从教学探索与人生体验的角度看,这绝对是非常难得的经历!

十年级的两节课首战告捷,于是我马不停蹄,转往九年级的课堂,却出现了一个意想不到的情况:校方在某个环节出了问题,课本还没有复印好。怎么办?课上还是不上?如果要上该怎么上?上周已经有了"介绍和开学",该预先说的都已经说了。全班33位同学的目光齐刷刷地盯着我,他们怎么知道这个中国老师的心里正在打鼓啊!

这个班同学们曾在土耳其的汉语老师那里学过短期的汉语,对汉语拼音和简单的几十个汉字有所了解,我这次换了中国国家汉办推荐的课本《新实用汉语》，原来准备的教学安排是前面程度相当的几课逐课逐句过一遍就行了，可眼下学生手头没有课本，原计划显然是行不通的。

我把目光落在了书包里一堆中国邮票上，这是我准备在课后送给同学们的小礼物，每人两枚，以增添同学们学习汉语的兴趣。我突然灵机一动，有了，今天就先让这个配角救场。于是我在黑板上用拼音和汉字写出"今天我要送给大家一个小礼物"几个字，可惜"礼物"这个关键词让他们傻了眼，全班静悄悄的，大家都是一副不解的眼神。但一经用英语 gift 说出，大家一阵欢呼，进而掌声雷动，土耳其民族那种热情奔放的性格在这些学子身上得到了充分体现！

两位同学开始发放邮票，我抓住时机在黑板上写出了今天现场编写的课文《两张邮票》，这课文的四个汉字成了今天上课的核心内容。之所以用"张"而非"枚"，是因为"枚"不是教学大纲要求的常用汉字，也不是日常生活中最常用的汉字。

先教"两张邮票"，再教"两张中国邮票"，进而扩张成"我有两张中国邮票"……

学说"我有两张中国邮票"，随即变化成"美国邮票"、"英国邮票"和"土耳其邮票"……

跟读"我有9张中国邮票和3张德国邮票"，接着国名和张数不断变化，一如彩蝶忽东忽西翩翩飞……

在我的教授下，学生们听和说的能力在迅速地提升，当我最后说出"我有11张中国邮票，你有23张土耳其邮票和7张法国邮票，他有4张德国邮票，我们都有邮票"这么长的一段话时，全班有半数以上的同学举手，要求复述以上这段话。哈哈，这群活泼而聪慧的中学生！

课间休息时，许多同学不忍离去，把我团团围住，争相用简单的英语加汉语与我进行吃力的却是兴致勃勃的交流，有的问，是不是有了中国邮票就可以写信寄到中国去；有的拿出一张"国际奥林匹克100周年"的邮票问，纪念的是不是北京奥运会；最精彩的提问是一位男生，他问为什么邮票上的汉字是"中国邮政"而我在黑板上写的却是"中国邮票"；最羞怯的问题是一位小女生，她几乎是咬着我的耳朵说："能不能再多给我几张？"

我笑了，笑得非常开心，身为教书匠，还有什么能比这样的收获更为欣慰?!

我又差点哭了，热泪突然在眼角打转，这些邮票都是我那86岁老母亲多少年来因为我的集邮嗜好而从信封上一张一张剪下来的，现在它们都有了一个更加美好和宽广的去处。

谢谢妈妈，谢谢我们的中国邮票！

童谣助我教汉语

不是老顽童,也不为悦儿孙,为了对外汉语教学,我年近六旬,居然摇头晃脑地学起了童谣,而且还朗诵加动作,收获了一片喜悦!

我没想到给土耳其的高中生上汉语课,比大学生要难,一个课堂 33 个学生,要让他们都集中注意力,难度的确很大,特别是九年级的那个班,当我在黑板上板书,课堂节奏稍一放慢,下面学子各行其是,交头接耳,聊天清谈便瞬间弥散开来。如何让学生的注意力重新集中到汉语学习上来?背诵童谣是一个法宝,这是我在听安卡拉大学的中国汉语志愿者肖老师的课时学到的一手,现场一用,果然奏效。那首童谣是这样的:"一二三四五六七/七六五四三二一/三只鸭,四只鸡/一群小鸟飞过去。"跟读,齐念,独读,背诵,层层递进。"一二三四"展示的是汉语简洁易学的一面,朗朗上口的童谣很容易引起大多数同学的兴趣,比较困难的是"鸟""鸡""鸭",幸好他们学过"鸡蛋",点明之后,很多人恍然大悟,于是先捉"鸡",后宰"鸭",余下的"小鸟"就小菜一碟了,你瞧瞧,半只"鸡鸭"就是"鸟"嘛。

备新课时动足了脑筋,于是乘胜前进,将童谣的运用从被动使用转化为主动出击。进入偏旁部首的讲解时,我把一个"手"字,变成"提手旁",然后再罗列他们学过的所有提手旁的汉字,由于内容枯燥,课堂再度出现叽叽喳喳声,我早有准备,抛出了新的补充教材《手指头》:"一个指头拉勾勾/两个指头捡豆豆/三个指头系扣扣/四个指头提兜兜/五个指头合一拢/握(攥)成拳头有劲头/请你爱护你的手/保护十个手指头。"这真是妙不可言:有节奏,有韵律,有动作,更重要的是每行都潜伏着"提手旁",我就是用这样的"一指禅功"力挽狂澜,成功地勾回了同学们的注意力,一些学生居然在第四遍跟读之后就能自己朗读了!这首童谣是网上获取的,当然我根据学生实际,对这首作品动了一点手脚,用比较简单的"握"字取代了原来的"攥"字,因为后者的笔画实在太多,属于"外人不宜"。

至于《打虎歌》,我倒觉得它是水到渠成的,因为同学们已经在《我换人民币》的课文中学会"给您钱,请数数"了,所以这首童谣的关键字"数"就是老相识了。童谣中的老虎是这样挨打的:"一二三四五/上山打老虎/老虎没打着/打到小老鼠/老鼠有几只/让我数一数/数来又数去/一二三四五。"原作者不知是谁，我把原文中的"小松鼠"擅自改成"小老鼠"，一是考虑小松鼠可能是保护动物，不好乱打；二则可把"老鼠""老虎"和已经学过的"老师""老人"串成一串"冰糖葫芦"，让众生系统地品尝"四老"成串的甜美，领会汉字组合的无穷奥妙。

不要小看短短童谣，它在朗朗有声的齐诵里体现了汉语最原始的美感，拓展了初学者对汉语认知的广度，并在潜移默化中培养汉语语感，利人也利己，师生双赢。

土耳其高中生的"中国婚礼"

我收到了一张精美的结婚请柬,这可能是有生以来收到的最别具一格的婚柬了,发自土耳其安卡拉著名的国立高中——阿塔图尔克中学,该校三年级选修汉语课的一个班的男女同学将要举办盛大的"中国婚礼"。我作为他们班级首任中国老师也就顺理成章要成为"证婚人"了。

本学期末,这个班的33位同学突发奇想,决定在校内举办"中国节"。学生们的想法不但得到了校方和家长的积极支持,也获得了安卡拉大学中文系和中东技术大学孔子学院的热心协助,于是这个独特而红火的"婚礼"的筹备工作就紧锣密鼓地闹腾了起来。

学生们涌现出的热情出乎意料,他们的想象力和才华在筹办过程中得到了充分的发挥。他们设计和印制了精美的宣传画和邀请函,而且还想方设法购买了多套中国的唐装和旗袍,让"中式婚礼"盛装上演……是日中午,"中国节"如期在该校的高中大会堂举行,该校其他选修汉语的学生以及大部分老师出席观看,孔子学院的全体中国老师以及安卡拉大学中文系的欧凯教授等土耳其师生也一并参加观赏。不过兴致最高的观众恐怕还是学生的家长和亲友团,他们紧张地拍照,生怕漏掉任何一个值得纪念和回味的画面。不过坦率地说,笑得最甜的还是我等中国老师……

"中国节"的演出分为3个部分:一是中国流行歌曲的演唱,男弹女唱;二是中国介绍,投影分别出现中国国徽、国旗、民族、人口等简介,同学们用汉语读念;第三是重头戏,身穿旗袍的女生和身穿唐装的男生鱼贯亮相,演绎中国传统婚礼:"新郎"和"新娘"大方上阵,男方的"父母"和女方的"爹妈"也悉数上场,人人脸上洋溢着欢乐和幸福……为了帮助理解,同学们还在现场派发了复印资料《中式婚礼》,对话也一一用汉语和汉语拼音、英语和土耳其语3种语言对照列出。

难免青涩,难免简陋,乃至有些荒腔走板,但别忘了这很可能是土耳其中学史上演绎的第一场"中式婚礼",阿塔图尔克中学学生的动手能力和想象能力绝对超强,现场喝彩声此起彼伏,演出大获成功。该校校长、家长代表、孔子学院的中国老师等一起和参加"婚礼"的同学们合影,我们孔子学院的老师随即在现场向同学们分发了我们精心准备的小纪念品。

这个喜气洋洋的中午真是难忘。

我当了半天的主席

初夏的一个下午,由中国驻土耳其大使馆文化处与中东技术大学孔子学院合作承办的第八届"汉语桥"世界大学生中文比赛土耳其分赛区总决赛成功举办。

本次比赛的主题为"快乐汉语成就希望",来自埃尔吉斯耶大学、法蒂大学、奥坎大学、公安大学等土耳其全国各地多所大学的18名选手在各校的预赛中脱颖而出,连同他们的老师、同学和亲友团等,一同云集安卡拉的中东技术大学文化与会议中心进行终极PK。

承办方为此次土耳其历史上最大规模的汉语竞赛进行了精心的筹划和准备,聘请了安卡拉大学的埃尔道杜殷·珍珠、埃尔吉斯耶大学的努丽娟、法蒂大学的黎淑珍、奥坎大学的于洁、中东技术大学的本人和中国大使馆文化处的赵力勤共6位专业人士组成评委会。可能是由于东道主的原因,评委会成员一致推举我担任评委会主席。不好意思哦,于是老夫身披厦门大学去年发给我的工作服——一件红色的唐装,满怀豪情地走马上任,亲自尝尝"主席"的滋味。一批在安卡拉各大学的中国留学生担任了志愿者,他们微笑着在台前台后忙碌着,有条不紊,落落大方,尽显当代中国大学生的风采。

比赛内容由自拟题目演讲、知识问答和才艺表演3个部分组成。现场气氛热烈,演讲高潮迭起,表演精彩纷呈。知识问答竞争极为激烈,各选手寸土必争,绞尽脑汁进行答题;而在才艺表演环节,各选手更是使出浑身解数,或倾情演唱,或翩翩起舞,或激情朗诵,还有惟妙惟肖的小品,以及行云流水般的太极拳……但最见功夫的还是在藏龙卧虎的演讲环节里,今年选手水平明显高于往年,他们不但发音标准,口齿伶俐,而且演说的内容也精彩纷呈,把他们在学习汉语中的酸甜苦辣表达得淋漓尽致,让评委们叹为观止,涌现出的多名最优选手一时让评委们难下定论。

评委会的评分采取了去掉一个最高分和一个最低分的综合评分方式,以求尽可能的公平。经过近6个小时的激烈角逐,比赛鸣金息鼓,我随即代表评委会对整个过程进行了点评,我说几句汉语,翻译随即翻译成土耳其语,这种说说停停的表达我从未有过,一时大感新鲜。

获得一、二、三等奖的选手名单终于出炉,安卡拉公安大学三年级的秦尔豪同学脱颖而出,勇夺第一,将代表土耳其出征在中国湖南进行的总决赛。随后中东技术大学社会科学研究生院院长阿亚塔教授、大使馆史瑞琳参赞和我一同上台,为获奖选手们颁奖。评委、选手和各校的老师们分别留影、合影,大家依依不舍,落日的余晖映红了整座文化与会议中心大楼,一辆辆返回伊斯坦布尔等地的大巴行将启程,我的"半天主席"一职到此结束。

"兢兢业业为官,欢欢喜喜卸任",呵呵,能上能下的滋味好极了,谢谢孔子学院这个奇异的舞台成就了我"为官"的美梦!

李斐家的中国饭

在土耳其的中国人不多,安卡拉的就更少,偶然结识了在安卡拉一家中资公司任职的李斐先生,尽管萍水相逢,却十分亲切,有一见如故的感觉。某个周末,他打来电话,请我到他家吃饭。我又惊又喜,却又犹豫再三,一是我很久不曾到人家家里吃饭,即便在中国,这也是个沉甸甸的大礼;二则周日下午我要飞到北塞浦路斯,时间上也比较紧。但李先生执意邀请,说是他媳妇从北京来探亲,带了好吃的,一定要与我分享,并说要车接车送,把我从住处接到他家,吃完饭后再送到机场。如此诚意,把我感动得一塌糊涂,唯有恭敬不如从命了!

李先生的住处位于安卡拉市中心一处闹中取静的花园公寓,是租借的,我进了房门,美美地闭目半分钟,感受着那家的感觉。李太太是北京一家文化交流公司的总经理,是那种"上得厅堂,下得厨房"的白领女士,她一边张罗饭菜,一边还不时加入我和李先生的交谈中，不一会儿，就有诱人的香味从厨房钻入我的鼻腔，尽管用的是橄榄油，但绝对是中国的菜饭之香，一种久违的诱惑。

李太太动作极为麻利，很快宾主就可以动勺动筷了，三菜一饭，饭是纯正的东亚白米饭，令我两眼发直：如此干饭我已经多月颗粒未进了。土国的米饭里总是掺七掺八，而超市里又没有电饭煲，眼前的这碗干饭已经令我很享受了。

三菜中有一素炒青菜，这可是热锅炒过的熟菜啊。土耳其当地吃的大都是生菜，我几乎已经被训练成兔子了，用刀叉或银勺一撮一撮把生菜往嘴里送，生嚼生吞，现在一盘炒青菜把我从兔子又变回了老头，一筷一夹，体验着被颠来倒去的生命历程。

李太太的祖籍是山西，这次她从老家带来了"台蘑"（五台山的蘑菇），于是我津津有味地吃到了她的拿手菜"台蘑炒羊肉丝"，芹菜青翠，真香啊，羊肉是土耳其超市里的羊肉。这次能有幸吃到五台山的蘑菇，也算是自出国以来的又一大收获了。

再有一道菜是冷盘，内蒙古的卤羊肝，也是首次品尝。我已经多年不吃猪肝了，但羊食草，其肝相对平安。其实卤羊肝是我过去闻所未闻的卤菜，下酒一定很美，此时配米饭简直太奢侈了！

最后是吃粽子，因为胃口大开，前面的三菜一饭仅仅吃了七分饱，而粽子正好可以填补肚里剩下的三分了。这样的枣泥小粽子,人家万里迢迢从北京一路提来,让我这样一个异乡客,不是过端午,胜似过端午,于是眼眶一热,细细咀嚼,竟久久不忍咽下!

喜送爱生上北京

我的土耳其学生里强同学兴奋地前来报喜：他被北京语言和文化大学录取了，即将前往北京深造。我很高兴，国家赋予孔子学院院长很大的权力，我的最后签字，将决定或影响着一个学生今后乃至一生的命运，所以笔重千斤！

里强同学的土耳其名字是 mert aydogdu，音译"麦特·阿依东古"。为了方便教学，我在课堂上要求每个土耳其学生都起一个汉语名字。别的大学汉语系大都是中国老师给学生指定一个名字，但我觉得还是要尊重学生自己的意愿为好，于是采取两种方式供选择，一是老师提出一些标准化的"好名字"，供同学们挑选；二是也欢迎同学们各自从所学所知的汉字里为自己起一个中文名字。结果是循规蹈矩的同学挑选了"高山""高洁""李涛""李丽"这样的标准名，调皮一些的同学起的名字就五花八门，其中一位取名"可人"，在课堂上受到我的高度评价。还有诸如"很忙"、

"二哥"等。Mert aydogdu 同学取名字的方式引起了我的注意,他挑了一个"标准化"的大名"李强",然后将其改良成"里强"。没想到本学期他还真的名副其实了一回,他看似白面书生,但却是业余足球运动员,期末在赛场上还被踢断了小臂,但无论是复习还是考试,他都带着石膏坚持完成学业,呵呵,"里强里强,外表文弱,内里坚强"。

他学习汉语的目的很令我意外,他对我说他是围棋的业余二段,全是因为喜欢围棋才喜欢汉语的。"文武之道,一张一弛",里强不仅在学业上总是名列前茅,而且这厮特喜欢提问,且每每都问得比较到位。我向来欣赏喜欢提问的学生,因为喜欢提问说明他喜欢思考,喜欢琢磨课业,这样的学生也易取得事业成功。

我的另一位土耳其学生依玛克·雅兹茜(Irmak Yazici)也在第一时间给我发来电子邮件,报告她被北京语言和文化大学录取的喜讯。她在班里的学习成绩为女生第二,因为第一的同学是来自吉尔吉斯共和国的留学生,因此根据推荐的基本原则,我只能忍痛割爱,把名额转给第二位的依玛克·雅兹茜同学。依玛克·雅兹茜很有一股学习的灵气,回答问题时善于运用学过的词语,努力扩大句子的长度,而且汉语说得也较好。

为师我真的很高兴,想想零起点的他们才学了半年的汉语,而且是选修课,居然能成功通过考试和审核。获取这样的良机,这一来说明了他们聪明好学,有兴趣有信心;二来也表明老师因材施教,教得认真和扎实;三则说明我们国家进一步加大了对孔子学院对外汉语教学工作支持的力度。要知道,这两位同学被录取的消息一经传出,那将在整个中东技术大学产生怎样的轰动效应啊!

在给依玛克·雅兹茜同学的电子邮件回复中,我除了热烈祝贺外,还让她重新起一个汉语名字。她当时在班上自取"林小姐"时我就不大高兴,几年前我曾在厦门大学人口研究所对女研究生们宣布:"本人极度厌恶你们被人尊称为'小姐',任何情况,任何场合!"眼下到土耳其自然也不改初衷,但当时我在课堂上已经许诺尊重每个同学的自选与独创,况且只是在自家课堂小范围使用,她又不知水深水浅,也就罢了。现在她要上北京了,应该要有一个更庄重或更妥帖的汉语芳名。我们《新实用汉语》课文里有"林娜",她就叫"林小娜"好了。至于为什么一定要改名,我没有说,相信她今后很快就会明白老师的良苦用心的!

欢送我的两位爱生上北京留学,特写下此文,既是对他俩的美好祝福,也是为师写给自己的一份课业总结。是的,有时老师也该自己做做作业,它不仅是一种工作要求,也是老师的心灵独白。

饺子先生

我们孔子学院各个汉语学习班的期末考试终于全部结束了,学员们都取得了比较好的成绩,想总结一下,又想庆祝一下,于是我决定举办首次"我们一起包饺子"联谊活动,让土耳其学生通过亲手包亲口尝的方式来切身体会中国饺子的魅力,让大家共拥一个终生难忘的期末记忆!

我们中国老师早早为这次活动备好了粮草,大家都不敢有丝毫懈怠,因为我们可都是平生头一回充当"饺子先生"。当兴奋的土耳其学生进入我们的宿舍时,我们立即教他们如何擀皮和包馅。我们手把手地教,土耳其学生亦步亦趋认真地学,场面热烈,其乐融融,不一会儿蒸汽升腾,现场的一锅汤水烧开了……

首批饱含着浓浓师生情的饺子扑通扑通争先恐后跳下热腾腾的锅里,这些聪慧的土耳其学生尽管都是第一次包饺子,然而就像他们学说"你好"、"谢谢"、"对不起"、"没关系"等汉语口语一样,包饺子可说

一起包饺子

是一学就会；尽管饺子胖瘦不一，形状各异，但完全做到了不开口不漏馅，可谓马到成功！

中土师生们一边包，一边煮，一边吃，饺子越包越好，味道越吃越鲜美，尽管大家有些手忙脚乱，但笑声不绝，更添气氛。此刻的安卡拉，窗外冻雨淅沥，窗内温暖如春，沉浸在如此欢快的"期末总结"里，中国老师个个充满了成就感，喜滋滋地说："今天我们在土耳其可是提前过了一个春节了！"

皆大欢喜啊，让异国朋友分享我们的美味，让我们在他乡再享浓浓年味……

大使馆的团圆饭

土耳其大学的寒假很短，只有两周，且新学期在大年初二就开学，入乡随俗嘛，因此在土的中国老师大都于春节期间选择了留守。这是我生命中第一次背井离乡过春节，第一次没有和自己的母亲一起过春节，心中难免有些伤感，特别是一想到自己年近九旬的老母亲，就止不住热泪盈眶。然而在安卡拉过中国年，也是有所期盼的，那就是中国大使馆的"新春团圆饭"。据去年春节吃过团圆饭的安卡拉大学的肖老师介绍，气氛还是蛮温馨的，当时郎平还在土耳其女排当教练，也应邀出席，吃团圆饭的人们排队与她合影……

我一边期待着大使馆的通知，一边做了些筹划工作，准备除夕当天中午就出发，因为时差的关系，中央电视台的春节联欢晚会"提前"在土耳其时间下午2点就开播了，我打算以我们"中东大学孔子学院"的名义在使馆向春晚发电报，向祖国母亲拜年。我精心敲打了言简意赅的字儿，没准朱军会手拿电报稿，把我的电文朗朗道出呢，也让我们这些海外的汉语推广人士能在这个世界华人的盛会上呛呛声……

余建参赞的电话打来了，说大使馆的团圆饭提前在立春举行，这顿团圆饭的正式名称是"2010年华人华侨、中资机构、留学生春节招待会"，地点就在大使馆附近的大使官邸举行。尽管有些突然，但我还是喜出望外，希望提前实现能不高兴吗？大使官邸里中国大厨的拿手佳肴是五香牛肉片，那可是我梦寐以求的美味。听说我国驻埃及大使馆的人员还把团圆饭吃剩的牛肉片和香酥鱼让当地孔子学院的老师打包带走，于是我又美美咽下了口水……

立春那天，安卡拉细雨霏霏，寒气逼人，我们提前一个多小时就出发了，我们先在官邸外面以国旗和国徽为背景留影，这里地势很高，我们站在官邸前面的路口，无心俯瞰都市鳞次栉比的楼群，也无意眺望连绵起伏的远山雪景，因为中国菜的阵阵飘香已经从官邸厨房越过高墙直扑我们的鼻腔……

大使馆的礼宾官、大使秘书以及多位参赞在大门口迎候我们，不干胶的"春"字喜气洋洋地一一贴在我们的胸口，一时间，你"春"我"春"人人春光满面！官邸餐厅满满当当摆了12桌，另有一长桌为主桌。我被安排在主桌，真的有点不习惯，幸好宫小生大使极为平易近人，与我们孔子学院老师已经很熟了。

主桌上还有在土耳其的中资企业"华为"、"中兴"、"中远"等老总们,同样远离故土,大家互致问候,顿时亲切有加。

小镇的节日

安卡拉的华人不多,当晚赴宴的同胞百余人。宫大使在发表了简单的致辞后,"自家人"的自助宴会就开始了,菜品有8大样:卤牛肉、炸鱼块、番汁虾干、烤鸡翅、青椒肉片、红烧鸡腿、煸黄瓜等,主食有炒面和蒸饺,另外还有一桶紫菜蛋花汤,场地有点小,大家排队取食,那礼让和温馨的场面让我想起我们厦大的教师自助餐厅……

主桌上除了有和各桌一样的"长城"干红和可乐

等饮料外,还稍有特殊,多了一瓶"五粮液"和一扎刚冲泡的中国绿茶,不饮酒的人就以茶代酒,我可是茶酒兼品,一样也舍不得放弃,呵呵,那茶应该是久违的"信阳毛尖"……

席间,大使馆、中资机构、华人华侨和留学生都有代表上台助兴唱歌,我想,怎么也得有我们孔院和厦门的声音,于是就硬着头皮主动扬手,唱了闽南语的《天乌乌》,尽管老夫的破嗓门与歌词里的"弄破鼎""相辅相成",但还是博得同胞诸君好一阵宽容的掌声……

团圆饭中还安排有助兴抽奖,一些小纪念品让得奖的大人们手舞足蹈,我的抽奖号是"32",我把它夹进我的笔记本珍藏起来,虽然现场没有中奖,但它却是我人生历练中难得的金奖……

安卡拉的拜年

在虎年新春佳节,我们孔子学院坚守岗位的中国老师连同在安卡拉的中资企业"中兴通讯"的留守同胞,一起举行了团拜活动。

在土耳其过除夕

身在祖国的时候，我对单位上此类团拜活动大多是不屑一顾的，抬头不见低头见的同事，电话问好就行了，怎么还要车马劳顿济济一堂相互问候"新年好"，似乎有一点儿别扭或做作？

不过身在海外，这样的团拜好像是必要的，至少是一次自得其乐的聚集，抑或心灵的相互慰藉和一次情感的倾吐……

参加活动的7位中国同胞大多是第一次背井离乡过春节，我们早早在聚会的客厅挂起了鲜艳的五星红旗，手持中国大使馆捎来的新春年画，人手一张，好不热闹。团拜现场就在我们准备聚餐的餐室里，我们把备好的美酒佳肴暂时晾在一边，个个一本正经地对着摄像镜头高声拜年，向祖国母亲，向我们勤劳的国民，向我们各自的故乡和亲人……而我自然还有我的闽南，我的母校，我的风烛残年的老妈妈……

宣泄之后，7位同胞慌乱地抹去眼角的热泪，争相把活动的视频和照片通过网络发往家乡家人，以表达我们身在海外心系故土的赤子之心……

年终岁末一句话

年终岁末,《厦门大学报》要出孔子学院专刊,每个院长要上交总结一篇,随笔一个,照片若干。最难的是中外每个院长还要写一句话,不能多,就一句!孔子学院10个"老外"10个"老内"的20句话列在一个版面上,那不仅是一道盛宴的拼盘,还是一场文字的PK啊,没有哪个院长不重视此事。

我赶忙把情况向我们的土方院长阿亚塔教授作了通报,他老兄居然面不改色心不跳,凝神片刻,然后提笔一挥而就,真不愧是国际会议的老将。阿亚塔教授的另一个身份是中东技术大学亚洲研究中心的主任,因此写下的文字既不离本行又恰到好处:"We are pleased to be the first university in Turkey which hosts Confucius Institute and has an Asian Studies Masters Program and thus to become Turkey's door opening to China and Asia."姜绝对老的辣,他的一句话容量很大,一石三鸟,把中国乃至亚洲都包容进去了,还把中东技术大学描绘成土耳其开放东大门的桥头堡了！他的英语表达很地道，这样的复合句要译成汉语分解起来还真的很不容易！

为了与之配套，我立马附和了一句："很久以前汉语和土耳其语就拥有一个共同的语词'茶'，现在我们厦大与'土耳其的清华'正携手谱写两国新的'茶话'。"我想我的汉语也比较地道，而且双关，想要译成英语，也很不容易，但我们国际处的才女小黄应该是可以对付的。不过我也想建议，外方院长用英文，中方院长用中文，这样是不是更有对照的韵味？

孔夫子曰"和而不同"，我们土耳其孔院身体力行，率先实施了，尽管只是一句话。

把中国功夫茶泡进 AIESEC

在安卡拉的中国留学生骆驼棋同学给我打来电话，热情邀请我们孔子学院师生参加 AIESEC 在安卡拉的活动，并询问我能否为各国的大学生们表演一下中国的功夫茶。我二话不说，立马答应，因为推广中国文化，孔子学院向来是一马当先的。

不过这个"艾塞克"（AIESEC）是个什么样的组织？我心有疑问，于是开始查阅相关资料。原来它是"国际商学经济学大学生联合会"的法文缩写，总部在荷兰的鹿特丹，是一个国际性的、非政府、非盈利的独立机构，完全由在校的以及刚毕业的大学生进行运作，为全球最大的学生组织。好家伙，不看不知道，一看吓一跳！更重要的是这个非政府组织回避政治问题，专事为各国大学生提供发现和发展自我潜能的国际平台，因此这也打消了我的最后一点顾虑。

AIESEC 每年提供 5000 多个领导职位并举办 350 多个会议，并运行国际青年人才交流计划，每年为

4000多名学生提供海外实习的机会……全球成千上万的在校大学生义务为这个平台勤勉工作,没有半分工资,没有任何补贴,我所在的中东技术大学就有多位大学生服务其间!于是我匆匆提着我的闽南功夫茶的大小家当,还有厦门大学国际处去年发给我的工作服——一套红色的唐装,以及一面超大的五星红旗,搭乘小巴,向着目的地兴致勃勃地出发了。

接受土耳其电视台采访

参加这次活动的有来自五大洲27个国家的近百名在校大学本科生,其中有7位来自中国海峡两岸的学生,除了骆驼棋,其余全是女生,中国大学生阴盛阳衰的事实在这样硬碰硬的场合也无可奈何地显现了出来，要知道她们全是过五关斩六将，一路竞争出来的！不过在 AIESEC 地球村的活动中，中国摊位主要还是由我们"男生"担纲，在高高悬起的五星红旗下，老生我泡闽南功夫茶，才华横溢的小生骆驼棋同学吹竹笛伴奏，茶香袅袅，笛声悠扬悦耳，一时间吸引了各国学子光顾。每次泡出的功夫茶，根本供不应求，就这样一杯杯地马不停蹄地在各国同学的嘴巴上频频周转……由于场地有限，水温也远达不到要求，这些均严重制约了本茶主泡茶手艺的发挥，但澄碧透亮的茶汤依然赢得了各国学子的交口赞誉……

各国学子不但喝了我的"铁观音"，还纷纷要求与我合影，许多外国女生毫无顾忌地把手搭在我的肩上，让我心惊肉跳难免有些紧张！热闹的场面还惊动了在现场采访的土耳其最大的电视台的光临，采访的主持人突然问我来土耳其半年中最大的感受是什么？我说："中国人爱喝茶，没想到土耳其人更爱喝茶，中土两国人民都是爱喝茶的人民。"呵呵，反正茶人茶话，把这次采访香喷喷地对付过去了。

现场还要求每个国家的同学依国家字母排列顺序上台作发言并表演，骆驼棋要我上去，考虑到这是青年学子的天下，不宜喧宾夺主，我婉拒了，最后是一男两女三个中国同学上台，他们坦然而自信的表现可圈可点。我则在热情相邀之下只得上台讲几句："我太老了，只能是客人而无法成为你们团队的一员，我羡慕你们,和你们在一起,我感到年轻!"一席话也赢得不少掌声。

这个组织的网站称,其最终的目的是:"借由国际人才研习计划,来增加对不同文化的交流和尊重,以希望文化间的冲突可以降到最低,增进世界和平。"不过据我短暂的聊天和观察,我发现这个组织之所以这么有活力,是因为它一方面让青年学生的潜能得到最大程度的发挥,另一方面是许多学子通过这个平台直接瞄准国际一流的企业和公司,并达到了就业目标!

近年来中国大学生加入 AIESEC 的会员人数越来越多,许多中国大学本科生通过这个国际平台得到了锻炼,由此直接进入外国大公司就业者也不乏其人,本科一毕业就获得 30 万元人民币的年薪在 AIESEC 已经不是什么神话,关键是你自身要具有卓越能力,拥有阳光的心态,以及强烈的自我表现的欲望。

看来,我的这次功夫茶真是泡到了家,不但"泡"出了中国的茶文化,而且还有可能为中国留学生"泡"来"钱"途和命运。

冲一壶不加糖的红茶

我，活脱脱一个喝茶大户，年均耗茶叶至少十几斤！

到了土耳其，入乡随俗，也喝起了红茶，主要是早餐时，一杯地产红茶，两片抹了果酱的面包，再加一个水煮蛋，早餐便捷而清爽。我还特意买了土耳其特有的玻璃腰杯，浸在里面的红茶色泽可人，加入一两块方糖，喝得不仅有滋有味，且富有风情。

人在异国日日思乡，想家时就喝行包里的中国绿茶和乌龙茶，有机会还用乌龙茶中的铁观音表演闽南功夫茶，让土耳其朋友开开眼界，尽管功夫茶的泡饮技艺在我们厦门几乎是无人不会的雕虫小技，但在异国他乡依旧迎来满堂喝彩。不过喝彩归喝彩，请他细品幽香之后，细问滋味，他肯定会礼节性地说"不错不错"，但那很可能不是发自内心的，土耳其是一个喜怒形于色的民族，看得出他内心在打鼓："中国茶怎是这般青葱的味道。"

从立春喝到中秋,绿茶罐见底,铁观音无存,我带的中国茶就只剩下一饼经年的"老班章"了,尽管未必"好酒沉缸底",但显然到了品尝普洱陈香的时候了,那就开喝吧,还等什么!

还是那熟悉的味道:浓浓酽酽,醇醇厚厚,沉沉绵绵……但在土耳其喝普洱还另有方式:这茶汤的成色怎么如此像土国的红茶啊,于是一不做二不休,拿来土耳其的玻璃腰杯,注入紫砂壶里的普洱,一杯沉红如玛瑙,与那土国的红茶形同姐妹,绝对可以乱真!但味道自然不同,土耳其的红茶带有微涩,放了方糖就顺滑了;而普洱的厚重仿佛蛰伏了甘草的基因,就这么喝,显得天然醇和。

一方水养一方人,一方人喝一方茶,要改变或引导,唯有循序渐进,比如从绿茶引入清香型的铁观音,比如从沉香型的武夷岩茶导进红茶,又比如尝试着从花茶提升到"碧螺春"或从"碧螺春"摆渡到花茶……但从红茶一下远征到"铁观音",似乎暂时不行,光是茶名就有歧义,人家宗教信仰不同,可不能乱开口的。但我估摸着,从红茶到普洱,极可能路在前方,那是古老的丝绸之路啊,尽管"红而不同"。

记得敬爱的周总理曾经用"中国的罗密欧与朱丽叶"向外国友人介绍《梁山伯与祝英台》,于是我想效仿,下次在土耳其再次表演闽南功夫茶时,不妨"偷梁换柱",就用普洱,并向喜形于色的土国饮茶者介绍说:"这是一款不用加糖的中国'红茶'!"

首个中文图书馆

这一天是我们中东技术大学孔子学院的老师们四肢酸痛的 1 天：全院 3 位中国老师和 1 位土耳其助理一共 4 个苦力，马不停蹄整整奋战了 5 个小时，把 150

赠书

多个纸箱的图书全部拆包上架。这些书有中国传统文化的典籍,有各种对外汉语教材,有多种汉语和汉英词典,还有介绍中国历史和文学的英语图书,"四大块"共计4000余册。

遗憾的是目前还暂时没有汉语和土耳其语对照的图书,所幸中东技术大学是一所以英语为第一授课语言的高等学府,学子们都看得懂英语,这些散发着书香的中国图书将在图书馆盛装迎候全校师生。

这4000余册新颖而厚重的图书是中国国家汉办和我们厦门大学图书馆分别赠送给土耳其中东技术大学的,由于场地的问题,这些珍贵的图书一直暂存在校园的仓库里。

经过中东技术大学校方精心的规划和认真的安排,校方不但在新近落成的"信息研究大楼"里划出了130平方米新房作为我们孔子学院的专门办公区,而且还将办公区进行了精心的分隔和装修,辟出了图书馆用地,并配置了14个书架。赠书终于可以告别"暗无天日"的悲惨世界了。

书上架如砖上墙,绝对是一项重体力劳动,但我可是老三届、老知青,比起当年吃过的苦,这些又算得了什么!我们孔子学院的同仁们埋头苦干,出大力,流大汗,一鼓作气让这些书全部重见天日,拆下的空纸箱堆成了一个小山。

久藏于箱的图书终于全部在书架上列队露出笑脸,

成套的中华文学和史地丛书令人目不暇接，其中最壮观的莫过于厦大图书馆馆长肖德洪兄亲自选定的一套汉英对照的《大中华文库》，厚厚的数百册占满了整整一个半书架。外文出版社的《红楼梦》是杨宪益和戴乃迭夫妻的英译本，采用英美小说常用的开本，四本套装，封面是戴墩邦的水墨人物，内里的插图则一律为古色古香的白描绣像，中西合璧，让人爱不释手。我随手还抓到了两本熟人的著作：易中天的《闲话中国人》和郑介夫的《北京旧影》。郑介夫笔名哲夫，我的好友，曾签赠洒家一本《厦门旧影》，此次也算是"他乡遇故知"了。这真乃生命难得的体验：一边大施拳脚举书上架，一边尽情阅览书脊书封，亲力亲为，累在书香，醉在书山！

第四部　深入『北塞』

走进神秘的"北塞"

您或许会觉得"北塞"这两个字眼很熟,甚至有些亲切,不,你一定是记错了,那是"塞北",歌曲《塞北的雪》的"塞北",我说的可是"北塞",是一个与"塞北"风马牛不相及的地块,全称为"北塞浦路斯土耳其共和国",一个有些神秘的地方政权,一个为世人所不大知道抑或懒得去知道的"共和国"。

南北割据的来龙去脉

"北塞"是20世纪60年代以来世界上的一个流血冲突麻烦不断的地区,联合国从来没少为它操心:从1963年希腊和土耳其两国居民爆发流血冲突事件后,联合国的国际维和部队就开始登岛执勤,在那里已经驻扎快半个世纪了,现在看来还得要这么没完没了地一直耗下去。

从地理上看,塞浦路斯为地中海第三大岛屿,仅次于西西里和萨丁亚,拥有悠久的历史文化和壮观的自然美景。它位于地中海东北角,北邻土耳其(40公里),东望叙利亚(60公里),南接埃及(250公里),有着极为重要的战略地位。我从土耳其首都安卡拉的埃森博国际机场搭乘土耳其航空公司的班机飞往北塞浦路斯的亚尔江机场,30分钟后从机上舷窗俯瞰,整个塞岛的形状尽收眼底,它像一头绿色鳄鱼,似动非动地趴在万顷碧波上,但我心里更清楚,它更像是一枚定海神针,牢牢地钉在亚、欧、非三大洲海上交通的咽喉上!

"北塞"农舍

也许正是因为这个福祸相依的咽喉位置,使得它像磁石一样吸引着征服者熊熊燃烧的欲望,数百年以来，希提人、埃及人、亚述人、波斯人、罗马人、拜占庭人、威尼斯人和土耳其人一波一波如潮水般涌来，导致这块地方硝烟四起聚散无常，回旋着马蹄硝烟，闪烁着刀光剑影，那一座座哥特式的教堂，一方方十字军的城堡，一处处残破的古希腊、古罗马剧场和庙宇，以及那一幢幢形形色色的英式建筑、欧式别墅标榜着这里曾经的壮阔威仪、血雨腥风。

自第二次世界大战之后，大凡世界上出大矛盾的地区，多与大英帝国有染，这个"北塞"问题英国人同样逃脱不了干系。在土耳其人统治该岛长达300年之后，1878年塞浦路斯沦为英国的殖民地。岛上的希腊族和土耳其族居民为了国家的独立而携手进行了不屈不挠的斗争。

1960年塞浦路斯宣布成为一个自主而独立的国家，但是从那个时候起，塞岛上信奉天主教的希腊族居民和信奉伊斯兰教的土耳其族居民出现了矛盾，曾经联手反抗英国殖民统治而并肩战斗的两族人民之间时有摩擦，这摩擦因为民族、宗教的不同，乃至背后各自所认同的国家的卷入，也就愈演愈烈了，一发而难以收拾。独立后的第三年，塞浦路斯的希、土两族就爆发了大规模的流血冲突，据说是当时岛上的希腊国民警卫队攻击了两个土耳其族人聚集的村庄，冲突越闹越大，国家为此陷入内战的边缘。

1974年塞浦路斯发生了政变，苦苦支撑岛上统一局面的以马卡里奥斯大主教为首的塞浦路斯政权被希腊军人策动的政变推翻。希腊人显然有错在先,企图单方面控制塞浦路斯全岛。此时土耳其毫不手软,借机大举出兵塞浦路斯,土军的坦克和海军陆战队纷纷出动,抢占滩头,两轮攻势之后,风卷残云般地拿下了岛北三分之一的领土。其实凭借当时的军事优势,土耳其人占领全岛也是指日可待的,但他们很聪明,冲动中保持着理智,让岛上13%的土耳其族人拥有近38%的土地,而让希腊军队继续控制着岛上南部62%的土地,这很可能是国际社会可以勉强容忍的极限。

随即岛上居民出现了疯狂的大逃亡式的迁徙:岛内南部的土耳其族居民流离失所纷纷迁居北方,而北面的希腊族人则背井离乡,纷纷逃亡南方,一个小小的塞浦路斯出现了南北分裂的格局。两族之间有一缓冲区,由联合国维和部队控制,这就是著名的"绿线","绿线"拦腰横切该岛,甚至把首都尼科西亚也割裂成两部分。在全长217公里的分界线上,只有尼科西亚的帕福门斯附近一个关卡能让两边居民和外国游客有限制地往来……

我在"绿线"边缘的 Lefke 市曾经与联合国军队的吉普车不期而遇,此情此景令人难以忘怀:那醒目的"UN"标志令人眼熟,那蓝色的贝雷帽让人动心,那是一支远涉重洋来自南美洲阿根廷的部队。一位阿根廷女军官像发现稀有动物一样发现了我这个瞎逛的中国人，居然用汉语招呼道："你好！"这是我在北塞浦路斯的大学校门之外听到的第一声"你好"，嘤嘤嗡嗡声令我回味良久……

刻在山腰上的国旗

"北塞"当局毫不忌讳它与土耳其亲密无间的"一家子"关系，不但国名里注明了"土耳其"，其"国旗"几乎是对土耳其国旗的"复印"：土耳其的国旗是红旗加一枚白色的弯月和一颗白色的五星，我的简称是"白星月红旗"；而"北塞"的"国旗"则为白旗加一枚红色的弯月和一颗红色的五角星，也许是嫌旗帜白色的部分太大，于是又在旗帜上加了两条红线，我的简称是"红星月白旗"。在"北塞"首都尼科西亚的北半城，到处都是迎风招展的土耳其国旗和"北塞""国旗"。这还不够，"北塞"当局还在面对尼科西亚的一座大山的山腰上刻出一面巨大的"红新月白旗"，这也许是世界上最大的一面国旗，几十公里外都清晰可见，假如没有浮云，几千米的高空也可一睹其"风采"。这样的标记是心虚，是为了壮胆，还是想表示一种誓死捍卫决不退却的决心与意志，"北塞"那哨位沙袋后面全副武装的土耳其士兵，你能告诉我吗？

"北塞""隶属"于土耳其是世人心知肚明的事情，13%的土族人居然享有塞浦路斯38%的土地！正式已经加入欧盟的"南塞"即"塞浦路斯共和国"对此是看在眼里，恨在心头；而希腊当局当然更是耿耿于怀，于是哪个外国人的护照上胆敢留下"北塞"的印记，那么对不起，你就休想进入希腊的土地，无论是旅游还是商贸。我这个中国人就这么不知天高地厚地让自己的护照留下了"北塞"蓝色的入境方章，一次又一次，居然有12次之多，一本护照盖得如大花脸似的，这很可能是世界上一本盖有最多"北塞"印章的中国公务护照，它见证了一个"中国飞人"飞来飞去的身影。

希腊和希腊族人控制的塞浦路斯先后都成为欧盟的正式成员，欧盟对土耳其在"北塞"问题上进行过诸多限制，因此"北塞"成了各国游客难以进入的神秘地带。欧盟还实施了一条让塞浦路斯和希腊当局很开心的政策，即1974年7月南北分治之前的"北塞"土耳其族人及其子女可以享有欧盟成员国公民的待遇，这样就无形中把"北塞"的塞浦路斯土耳其族人和土耳其共和国的土耳其人进行了切割，为塞浦路斯南北作为不可分离的一国留出了充满魅力和诱惑的空间。塞浦路斯的希腊族当局和希腊共和国当局最苦恼和最担心的莫过于土耳其的国民向"北塞"的迁徙。目前在"北塞"除了土耳其三四万的驻军之外，在土军30多年的军事占领下又有多少土耳其的人口迁到"北塞"，这谁也不清楚。但是尽管"北塞"土地肥沃，人少地多，但其整个发展显然不如土耳其本土，从土耳其到北塞浦路斯工作，多少还有"支边"的味道。所以历任的土耳其官员一旦被外国记者问起这个敏感问题时，他们总是一脸无辜地说：没有呀，没有呀，我们从来都没有向"北塞"移民的。

但无论怎么说，这种南北分离的痛苦是永恒的。在塞浦路斯共和国尼科西亚的议会中，虽然规定土耳其族人有三分之一的席位，但土耳其族居民从来没有参加过议会，因此塞浦路斯共和国其代表整个塞浦路斯的声音和形象总有莫大的欠缺。而土耳其军队和土耳其族人控制的"北塞浦路斯共和国"则从来没有被联合国和国际社会所承认……

联合国也好，欧盟也好，它们出于种种动机，一直在试图重新磨合南北塞浦路斯，尽管困难重重，但其努力也一直在进行着……

矛盾的心态

"北塞"土耳其族老百姓在统一的问题上心情相当复杂。他们羡慕南边希族人的经济发展,羡慕"南塞"加入欧盟时的得意洋洋。"北塞"的游客往往不到"南塞"的五分之一,且游客多为来自土耳其的"自家人",旅游收入更是仅为"南塞"的十分之一不到。2004年时任联合国秘书长的安南提出塞岛居民全民公决,实施南北塞浦路斯重新合二为一的方案,投票的结果却令世人大跌眼镜:大多数土耳其族人赞成安南的提案,而大多数希腊族人则持反对意见。塞岛土族居民在民族和宗教的认同上倾向土耳其,而在国家的认同上则向往塞浦路斯,其心态的矛盾性可见一斑!南北割据的局面也许暂时消除了两族居民不时厮打的阵痛,但取而代之的却是国家一分为二的凄苦……

世人的立场

关于1974年的战争,公说公有理,婆说婆有理,但联合国认定的"塞浦路斯共和国"是"南塞"而非"北塞",欧盟接纳的"塞浦路斯共和国"也是"南塞"而非"北塞",中国和世界上绝大多数的主权国家的驻塞大使馆都设在"南塞",于是"北塞"的地位令"北塞"当局和土耳其政府相当尴尬。

因为与塞浦路斯、希腊和土耳其3国都保持着尽可能的良好关系，中国在"北塞"问题上谨小慎微，新华社记者多年前曾撰文，介绍过"北塞"。此文不长，可谓绝无仅有的"经典"，它出现在2001年9月6日的《参考消息》的第13版，标题为《只有一个国家承认的"国家"——北塞浦路斯印象记》，题目很长，文章很短，居然只有区区四百字，13亿中国人口对"北塞"的认知都压缩在这则短文里，是不是有些令人感慨。全文转载如下：

荒废的教堂

新华社驻尼科西亚记者刘兴昌报道：偌大的世界，除土耳其外，无一国家承认，而且由于欧盟和塞浦路斯政府对其实行封锁，它与外界的交往极少。土耳其族人不易出来，人们也不易进去。普通的土族人在统一的问题上的心情相当复杂。他们美慕希族经济的发展，美慕"南塞"加入欧盟的前景。去年到"北塞"的游客不到40万人，其中32万是来自土耳其。去年"北塞"的旅游收入为2亿美元，占国民生产总值的20%。而"南塞"的旅客为270万人，外汇收入近20亿美元。随着时间的推移，南北经济的差距不断扩大，希族居民以繁荣的旅游业为支柱将南部建成了人均国民生产总值1.5万美元的"发达国家"，经济增长率长期保持在5%，而"北塞"却由于国际制裁的影响和支持它的土耳其的经济实力较差，人均国民生产总值却只有4000多美元，年通货膨胀率却高达80%以上。不过到现在事情有了转机，塞浦路斯共和国已成为欧盟成员国之一，享受欧盟国待遇，并且也将履行作为欧盟成员国的各种义务与责任。塞浦路斯南北缓冲区已经对南北塞浦路斯公民开放了。也许在不久的将来，我们的留学生也有机会去"北塞"看看"北塞"那美丽的风光的！

看来连驻尼科西亚城南的中国记者都无缘"北塞"的实地，可见中方的小心翼翼，可见"北塞"的孤家寡人，可见"北塞"对中国人来讲充满了太多的迷雾！尽管一些驻土耳其的中资机构的工作人员先后到过

"北塞",可大多数人前往的原因居然是为了"避签"而非发展业务,这就说来话长了。

与土耳其关系很不错的阿塞拜疆等国也不敢承认"北塞",众人的观点很明确,友好归友好,但"北塞"是"北塞"……

土耳其的用心

因为"北塞"问题,土耳其企图跻身欧盟的梦想迟迟无法实现;也因为在"北塞"的3万驻军(另一说为4万),土耳其每年得花费巨额的军费开支。多年来为了改善"北塞"的国际形象,土耳其搜肠刮肚费尽了心机,其中之一就是利用塞岛的地理优势,在"北塞"大力发展高等教育,以期吸引土耳其乃至中东和亚非欧的留学生。这真是一个奇思异想,也无异于一次豪赌,在只有10多万人口的"北塞"一口气创办了6所国际性的高水准大学,而且第七所也在紧锣密鼓的筹备当中,如此豪赌近乎疯狂!看看一张"北塞"的"高等教育地图"(study in north cyprus):在首都尼科西亚创办了"近东大学",刷有"近东大学"字样的大巴不时穿行在首都的大街上,车窗里各种肤色的学生构成了一幅幅流动的画面。在尼科西亚前往亚尔江机场的路旁创办了"塞浦路斯国际大学",出入机场的大车小车总能一眼望见那十几杆不同的国旗在迎风飘扬。在美丽的滨海小城 GIRNE,创办的是"基尼美国大学",直通通的命名一点也不拐弯抹角。而著名的海港古城 GAZIMAGUSA,则建有"东地中海大学"。依山傍海盛产柑橘的 Lefke 建立有"欧洲大学",而距离老镇 GUZEKYURT 6 公里的山头上,出现了一片崭新的教学楼,那就是土耳其著名的中东技术大学在"北塞"建立的分校,叫"中东技术大学塞浦路斯校区"。

所谓"高水准"是有硬指标的,首先是校园的建筑面积要大,要壮美,要气派;其次是在人才的引进上侧重欧美名校的知名教授,同时放低门槛,以相对低廉的收费吸引生源。从巴基斯坦、叙利亚、阿尔巴尼亚乃至黑非洲等地各种肤色的学生纷至沓来,尽管数量上还不尽如人意,但土耳其和"北塞"当局显然已经迈出了不算失败的第一步。也许这不仅仅是办学,还有其更多的考虑。

我走进了"北塞"

我就是在这个大背景下,只身前往这个神秘的"北塞"的,孔子学院在这个时候的民间优势就显露出来了。

2009 年 2 月 23 日深夜,我从安卡拉飞到了土耳其中东技术大学在"北塞浦路斯土耳其共和国"的"塞浦路斯校区"。隔天清晨,我站在这个建立在青山之巅的大学校园,左观如诗如画的万顷碧野,右看林木葱

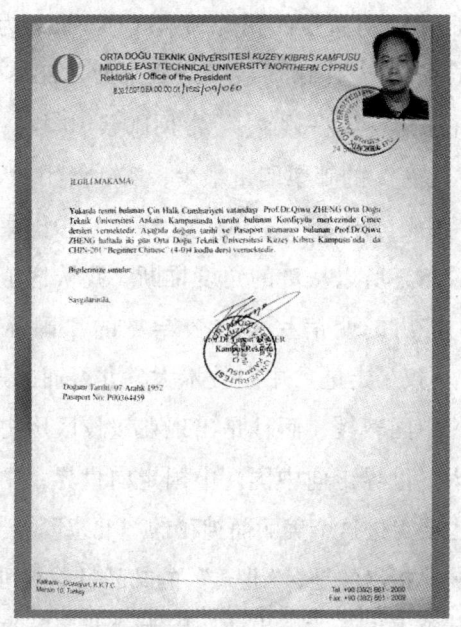

校方签发的"北塞"通行证书

郁的森森峡谷,远眺地中海摄人魂魄的湛蓝海景,仰天感叹大自然的瑰丽与雄奇。

该如何纪念或祝贺自己成功地进入了"北塞"呢,写一篇散文,还是拍几张照片?身为集邮者,还有别人享受不到的乐趣,即用邮戳留住这个难忘的日子。我悄然来到校区的小小的一人邮局,向我自己以及我在中国国内的邮友宋晓文、沈振海、肖高键等寄发4张风景明信片,其中两张是塞浦路斯首都尼科西亚建筑风景的西洋照,另两张是骑着驴子的"土农民",贴的都是面值 80 分里拉的花卉邮票（1 里拉约为 4.5 元人民币）。经查，这邮票是"北塞邮政"2008 年 3 月 20 日发行的"兰花—野花"常用邮票 10 枚一套中的一枚。"北塞"的邮票印量很少，实际使用的人更少，而能够持中国公务护照进入"北塞"的中国集邮者更是凤毛麟角，所以从量的角度推断，我从这个神秘的"北塞"寄出的明信片是比较罕见的"国际实寄邮件"。我不仅是走进"中东技术大学北塞浦路斯校区"的第一位中国教授，而且是出现在该校区历史上的第一位华人。世界走向中国，中国走向世界，中国人自然早晚也要走进这个美丽而神秘的"北塞"。

但需要指出的是，"北塞"的邮品目前很可能是不能在国际邮展上正式展出的，因为"北塞"这个地方政权除了土耳其自己，还没有得到任何一个其他国家的承认。联合国、万国邮政联盟、欧盟乃至世界上绝大多数国家包括我们中国承认的是"南塞"，即希腊族人控制的"塞浦路斯共和国"。基于这个敏感的原因，各国政要对"北塞"避之唯恐不及。尽管土耳其当年出兵"北塞"是因为希腊有错在先，但由于希腊和"南塞"在联合国和欧盟的合法地位，使得土耳其进入欧盟的努力艰难无比，而且在欧盟强大的压力和制裁下，自然风光与"南塞"等量齐观的"北塞"旅游业步履维艰。但"北塞"政权占有塞浦路斯全岛 38% 的土地，自 1974 年成立以来，至今已有 30 多年的占领事实，它发行的邮票也实际使用了30多年，为各国集邮者和一些邮政机构所接受。

对于"北塞"的地方邮票，有如下资料介绍：1974年初，土耳其出兵占领塞岛北部后不久，就开始单独发行邮票。由于土耳其占领区与宗主国之间的紧密联系，所以土占区邮票和土耳其邮票在文化、政治、历史诸方面渊源很深，如1974年7月发行的第一套邮票就是"土耳其共和国建国50周年纪念"，邮票画面表现了土耳其的地图、国旗、国父凯末尔及土耳其人民欢庆解放的场面。1979年还为土耳其军队进驻塞浦路斯5周年发行了一枚纪念小型张。对于土耳其人民称之为国父的凯末尔，塞岛土占区人民亦视为民族的再造人，1981年为纪念凯末尔诞辰百年，不仅发行了一枚凯末尔油画像的邮票，还增发了一枚小型张。1982年欧洲邮联规定的当年主题是"历史事件"，土占区邮票的内容是纪念奥斯曼帝国占领塞岛300余年间留下的业绩。

从1983年12月起，土占区公开打出"北塞浦路斯土耳其共和国"的旗帜，其邮票更突出它与土耳其的特殊关系。如1987年、1988年和1990年先后为土耳其两届总统、总理访问北塞浦路斯发行邮票；1988年为纪念凯末尔逝世50周年，又发行一套4枚呈小全张形式的邮票。

尽管北塞浦路斯土族人民有强烈的土耳其民族意

识，但也渴望着能够在和平的环境中建设自己的家园，为此，1989年6月为纪念联合国在日内瓦召开的塞浦路斯问题和平会议1周年特发行纪念邮票一枚。

从"北塞"发行的大批建筑、文化邮票中，也可以看出这种深刻的民族文化关系：1975年到1980年先后3次发行的共18枚普通邮票，集中体现了在这地中海小岛上的大量伊斯兰文化古迹，不仅有壮美的金顶清真寺，还有中世纪时奥斯曼帝国将军们建造的坚固的城堡，这些城堡反映出塞岛历来是兵家必争之地的历史，防御建筑成为其历史文化的重要组成部分。在这套邮票中，还选用了多个海湾良港的风景为图，这些海港的建设体现了塞岛的要冲位置。

此外，由于该岛的极其特殊的地理位置，这里不仅成为交通、文化的交汇点，也是南北方多种植物、动物的良好繁育栖息地，特别是每年大量从欧洲飞越地中海，到非洲越冬的候鸟，更把塞岛视为歇脚地，所以在北塞浦路斯邮票中多次选用动物、植物作为邮票内容。除此之外，历届奥林匹克运动会也是其必选的内容。

北塞浦路斯的邮票由于在土耳其印制，因而其风格与印制方法与土耳其相似，邮票规格也相当统一，除绘画邮票外，一般都是长宽一定的标准的小型票，这些邮票以胶印版为主，色彩明快，极具民族特色。

从以上介绍中可知"北塞"一直有利用发行邮票

来增加或扩大自己国际影响的战略考虑,同时也足见邮票作为"小型百科全书"是如何尽善尽美地表现了"北塞"与土耳其民族的血缘关系。

踩葡萄的少妇

走出北塞浦路斯的亚尔江国际机场,天已经渐渐黑了,在晚霞和街灯的昏亮中感受着迎面扑来的爽风,这地中海的岛国气候让人想起闽南,影影绰绰之中的树与路更像早年的厦门,一种莫名的亲切感充溢着周身。

接我的小车在夜路上行驶了近 1 个小时,终于抵达了目的地,夜幕中首先迎接我的是中东技术大学北塞校区宾馆前面的一座雕塑,黑乎乎的看不大清楚。我进了客房倒头就睡,为了上好明天的课,早睡早起是我养成的习惯。

隔天一早真想见见这个地中海第三大岛的真面目,急急出门却一头撞见了门口的雕塑——踩葡萄的女郎,昨晚黑乎乎的不见尊容,失礼了,今早仰头致敬,您好,健美的塞岛农家女郎!您说什么,赤着大脚会吓了客人?不会的,不会的,我可不是"吓大"的,在我们闽南,我们闽南农妇的脚一点也不比您小,从小我见过

踩葡萄的女郎

她们踩咸菜,踩茶叶,与您的踩葡萄,可谓异曲同工。

惜别雕塑,却心存疑窦,塞岛大学校园里的"踩葡萄"意味着什么?课后走访了校园门外的塞岛山村,家家户户门前都有一架葡萄,户户庭院鲜花盛开,还有半掩的陶罐装饰草坪,一股又一股粗老的葡萄藤朝着瓦蓝瓦蓝的云天也向着脚下的花草和陶罐诉说着地中海风雨的年轮……

离去的路上,发现密布的葡萄酒的巨幅广告温馨可人,最引我注目的是尼科西亚北城的一个十字路口的花坛，装饰着一个半掩的大瓦罐，不，不是瓦罐，而是瓦罐的雕塑，因为那半倾的瓦罐端口，匍匐着一串肥硕的泥葡萄！又是瓦罐，又是葡萄，瓦罐，瓦罐，隐藏着什么秘密，葡萄，葡萄，张扬着怎样的骄傲？请你告诉我，北塞浦路斯！

原来秘密和骄傲全都蛰伏在"踩葡萄的女郎"的大脚之下：据意大利考古学家的研究，地中海最初的葡萄酒是由5500年前的塞浦路斯生产的，而先前的证据表明第一个生产地中海葡萄酒的是古希腊。意大利文化遗产技术应用学会在塞浦路斯南部的皮尔戈斯考古时，发现了两个装葡萄酒的罐子，时间可以追溯到公元前3000多年。

在罐子里，科学家还发现了葡萄种子，它们的大小清楚地表明，它们是来自栽种的葡萄。更进一步的证据来自塞浦路斯首都尼科西亚考古学博物馆保存的同一时期的罐子，此罐子是由塞浦路斯考古学家迪开斯于20世纪30年代初期在尼科西亚以南62英里的埃里米发现的，研究人员检查了18个埃里米罐子的化学成分，12个有酒石酸，这是葡萄酒中的一种关键成分。据考证，这就是5500年前用来装葡萄酒的罐子。由于有狭长的嘴，宽大的身躯和突出的"奶嘴底"，此罐子可以装22升至25升葡萄酒，是世界最古老的酒坛子。

哦，这下我明白了，踩葡萄的农妇，你已经踩了5500年的葡萄了，紫红的葡萄汁浸透了你健美的脚丫，劳动的脚丫，也浸透了这个美丽的地中海岛屿，是你用劳动的大脚踩出了人类第一坛美酒，你是校区宾馆值班的运动健将，你也是塞浦路斯的葡萄酒女神?!

戴防毒面具的熊猫

每年 3 月的最后一个星期日,土耳其开始实施"夏时制",时间往前拨 1 个小时,这样这里原来与厦门的时差就从 6 个小时变成了 5 个小时。此举可以有效地使用日照,减少电源的损耗,我们中国过去也实施过,可惜没有坚持下来,而人家土耳其却已经坚持实施多年且行之有效。正因为如此,这个时间的转换顺理成章,人人都心知肚明,就我这个"老外"蒙在鼓里。蒙就蒙吧,有什么好大惊小怪的,问题巧就巧在我这天得乘飞机到北塞浦路斯去讲课。

送票的土耳其助理一声不吭,似乎就等着看我的机场惊魂好戏了,我也表现得极为"出色",在飞机起飞前几分钟,还在候机大厅的书店优雅地翻看图书,最后冲刺、剪票和登机的一气呵成就几乎是"连滚带爬"的最佳解读了!

这就是当"老外"的无奈,满心委屈的我在夜幕中进入了"北塞"校区,却惊奇地在校区的不同地点

"地球一小时"海报

发现了好几张眼熟的招贴,仔细看看,啊,是熊猫,是戴了防毒面具的熊猫。因为戴了防毒面具,所以有些变形,没有一眼就看出来。这就奇怪了,我仔细考察过的,在这个偌大的校园里唯一的中国标记就是取款机上的一排标记里有"银联"两个汉字,怎么今夜情况风云突变,到处都是我们中国的熊猫,而且每一只都戴着防毒面具。这是什么意思?在戴着防毒面具的熊猫下面还有黑乎乎的一句粗体土语,还带着惊叹号呢,肯定是什么口号之类的东西。尽管老夫看不懂,却觉得犹如咱们中国早年的"打倒美帝国主义"一样,于是我的神经一下就绷紧了,个人的小委屈一下就让位于国家的大委屈:这可是塞岛国民抗议中国对大气环境的污染?

中国的工业污染是有一些的,但正在治理之中呀,再说抗议也轮不到你远在地中海的北塞浦路斯呀,再说专门冲着中国来也有失公允呀,所有的污染源总应该公平对待嘛?但冷静一想,觉得这样的专门抗议似乎还不至于,至少几个星期来当地所有知道我的中国身份的人,不论是老师还是学生,不论是保安还是餐厅的师傅,都向我点头,向我微笑,有的甚至还特意跑到我面前来说一声有平无仄的"你好",询问厦门的气候是不是和塞岛一样宜人。

于是大感不解的我站在一头"丑熊猫"前一动不动,站了好几分钟,才见到一个满脸络腮胡子的学生匆匆而来,他冷不丁被我一句"I'm sorry"喝住。他吃了一惊,然后惊魂未定一脸愕然地用生硬的英语断断续续地向我解释"戴防毒面具的熊猫"下面那些土耳其语的意思……

这下轮到我愕然了,我惭愧了,我无言以对了,我百感交集了。原来这是1张"地球一小时"的招贴宣传画,多传神的一张宣传画啊,发起这次"地球一小时"活动的世界自然基金会的会标就是一头熊猫,因为熊猫的环境与自然的寓意是很明确的,让"熊猫"

夸张地戴上防毒面具，简练、形象、生动、贴切，把号召各国公众采取各种形式来减少二氧化碳的排放、节约能源、保护环境的意思表露得惟妙惟肖。我真的不知道该怎么赞叹我的这些北塞浦路斯的土耳其族的大学生们了！这就是大学生，这才是大学生！以充沛的热情、崇高的意识和无穷的创意来面对有益于人类和地球的一切公益事业！事后对比一下"人民网"上好几张同一题材的中国宣传画，才觉得我们生硬的画笔至少在幽默感上还欠缺良多！

当然我更应该为我先前"资深愤青"的无名火而感到愧疚，是的，熊猫是中国的国宝，但更是我们整个地球的"球宝"，也许中国人作为国家公民的意识正在逐渐形成，但作为世界公民的感觉还远远不够。我索要了一张戴着防毒面具的熊猫招贴画，我要把它带回我的祖国——熊猫的故乡，带到我日后的中国讲坛上，"地球一小时"，我们都需要补课，我们太需要补课！

喜遇"洋泡面"

过去听说中国运动员出国比赛自带泡面的描述，总有些似信非信，有必要这么麻烦吗？不过现在我是相信了，在土耳其生活了3个月，走遍了安卡拉的大小超市，琳琅满目的货架上硬是不见泡面的影子。越没有，越想念，热乎乎的"中国方便面"搞得我寝食不安。国内有一个代表团来访，临别时我挖空心思，硬是把他们行李包里残存的泡面全部留下。

这土耳其人真的就不食人间的泡面吗？非也，在中东技术大学"北塞"校区，我终于眼前一亮，在校园超市里发现了小半货架的"洋泡面"，于是喜出望外，"不惜重金"，立马买了一袋尝新解馋，同时还打算对比观察，细究其与咱们国产泡面有什么不同。

"洋泡面"的第一印象是个小价贵，娇小玲珑的，如同一盒香烟，肚子饿的时候，充其量只能塞塞牙缝罢了。如此"苗条"却身价不菲，要1.25个里拉，相当于6元人民币，你说吓人不吓人。不过当地食品的价格起码是中国的3倍，想想也就不足为奇了。（走遍天下，最想念的还是咱们中国的物价。是物价，不是房价哦!）

体积小也许"小而精"吧？我在一个茶杯里就迫不及待地泡开了，加入附配的汤料，口味还不错。至于泡熟的面条我细嚼慢吞，倒也没有什么意外的发现。

尽管吃得很仔细，但还是一下就杯底朝天。喝尽了最后一滴面汤，老夫似乎心有不甘，又捡起包装，细阅说明，才发现小小的包装背面居然有6种文字的说明，除了正面的英文外，还有俄文、阿拉伯文、土耳其文、西班牙文，以及估计是伊朗等国的文字。人家"洋泡面"真的很会做生意，一个小包装就企图包下半个地球国家，除了不敢染指咱们中国这个泡面王国罢了。

最后在"洋泡面"包装的边角，我发现了细小的字样：Product of China。哦，这一下让忍俊不禁的我想起了赵本山的名言："别以为穿了马甲我就认不出你来。"本山大叔有时还真的夸下海口，这个"洋马甲"惟妙惟肖，我可是被彻底忽悠了，但有时候被忽悠也是很有趣的，不是吗？

赵本山近来似乎有些江郎才尽的趋势，不要紧，全国人民支持你撑下去，我这个《喜遇"洋泡面"》就无偿提供给您，没准您老人家一激灵，将这小包装"驴打滚"，"滚"出一出全新的大作来。

撞见 CCTV

由于欧盟的一些限制,更由于塞浦路斯共和国的一些管制措施,在土耳其实际控制下的北塞浦路斯游客甚少,大概只有南塞浦路斯的十分之一,尽管这里的景色与它的南部一样秀丽,尽管这里地中海的海水同样湛蓝。

"北塞"滨海旅游的标志性景点是基尼市的古船港,当年英国殖民者留下的环港楼盘全变成了服务游客的咖啡馆、餐厅、酒吧和旅馆,优美景色还是吸引了一些大胆的欧美游客的光顾。

这里几乎没有中国人的影子,有一家中餐厅署名"龙"字,可能是整个基尼市街头唯一的汉字,我兴冲冲找上门去,总算发现了餐厅里忙碌的人群中有一个长得很像中国同胞的服务生,走近一问,原来是马来西亚的雇员。

但敏感的我还是有了重大的发现:在基尼古船港居然停泊着一艘 CCTV 的大船,一艘也许是整个港内最壮观的仿古帆船。船舷的英文写着："CCTV IN OPERATION。"（"央视在工作"？）我的第一判断认为是CCTV到这里来摄制节目的，这船或许是CCTV承租的工作船或者就是CCTV买下的，专门用于摄制地中海风光。凭CCTV的财大气粗，拿下再大的船还不是小菜一碟?!于是我想上船会会同胞，再说我半年来10多次飞进北塞浦路斯，诸多所见所闻也许对他们的节目有所助益。

但船上静悄悄的，好像没有人。人到哪里去了？在宾馆休息，还是这个CCTV是个"山寨版"的？英语"塞浦路斯"（CYPRUS）的第一个字母也是C呀，会不会是人家"塞浦路斯的中央电视台"的英文缩写？但这种猜测很快被我否决了，北塞浦路斯当局怎么着也要优先突出自己"NORTH"的第一个字母N，不可能只有一个"C"的。

我这个人喜欢打破沙锅问到底，于是马上询问路人，可惜接连问了几位当地老兄，他们一概都微笑摇头。帮我解开难题的是一对英国游客，男的愣了一下，一时不知该如何回答，而女的则告诉我，这应该是一个电视监控摄像头的提示。我说："我还以为是我们中国的中央电视台。"两人听了颇为吃惊，好像第一次获悉CCTV的缩写居然与中国有关……

基尼买帽记

因匆匆出门,结果把遮阳帽留在办公室里了。那个遮阳帽是我特意在离开厦门前买的,大冬日的买遮阳帽,还真不容易,一直找到了大同路,才在那家老百货店里买到了,5元钱的小东西,走了半个大厦门。没想到我这个"蓄谋已久"的遮阳帽,千里迢迢来到土国,等到正要派上用场时,它却被遗忘在办公室的某一角了。生活就这么在不经意间与帽子的主人开了一个小小的玩笑。

怎么办?再买一个,北塞浦路斯滨海的基尼小城很像老厦门,可物价却大相径庭,一个几乎一模一样的遮阳帽,居然15个里拉,合人民币68元,你说买还是不买,买了要气死,不买要晒死,要死就来一个更痛快的,于是我索性买了一个20里拉(人民币90元)的牛仔帽,也好与躲在办公室睡大觉的那个遮阳帽有个区别。钱付了,拿帽出店,准备戴到头上,我瞄了一下那帽子微型的内标:"Made in China"字样清晰可见。

地中海的大鱼

前几天在网上看了一篇文章《国货不牛,哪来4万亿》,尽管没细看内文,但我的这顶"牛仔帽"倒是可以给这头"牛"作个解释了——"勤劳的中国人可是全世界人民的老黄牛啊!"你想想,这顶牛仔帽批发给老外时恐怕顶多就是八九元人民币,人家一转手就是十倍的价格,国货这样的竞争力,举世无双!

最有意思的是在基尼一家大型的大众旅游纪念品超市里,陶瓷的、金属的、木器的、塑胶的、针织的,各种纪念品应有尽有,只要能找出产地的,肯定是中国制造,那些没有标志的,十有八九也是中国货。基尼仅仅是地中海上一个极不起眼的小城,一个中国人似乎不沾边的国际敏感区，可"中国制造"依然如水银泻地、无孔不入！

我摸着上上下下这么多的"国货"，心里却有许多说不出的感慨：多少中国农民工的手在飞舞，多少故乡的工人疲于奔命地劳作，多少女同胞不知疲倦地加班又加班……谁说在这天涯海角的基尼见不到一个中国人，他们挥汗如雨的身影无处不在！

巴基斯坦之夜

我的办公室响起了轻轻的敲门声，很难得的敲门声，声音轻得如同地下党的接头暗号，我忍不住用英语夸张地大声喝道："Come in, please。"推门而入的是一个高大的汉子，略带苦笑地向我递上一张单薄的名片，我接过来瞄了一眼，哦，原来是请柬，一张简陋而微型的请柬，我正要说声谢谢，完成任务的他已经如释重负地点头退去。呵呵，这些腼腆的大学男生，别看他们一个个人高马大，浓眉密须，却全然还是 boy 罢了。

这可能是我有生以来接到的最寒酸的请柬了，应该是打印在 A6 的复印纸上，再裁成不足巴掌大的小纸片，这也能算是请柬？简直就是男女生传情的纸条吧，但这样简单素净的请柬让人心生感慨。不瞒您说，我有收藏癖，请柬也是收藏品之一，姑且不说烫金镀银的，就是丝织的、香木片的，乃至宣纸手绘的应有尽有，真想哪天去晒一晒，让老外见识一下我们中国琳琅满目但却不乏奢侈的"礼仪文化品"。

但它确实是一张名副其实的请柬,是中东技术大学北塞浦路斯校区"国际学生联合会"发给我的请柬,有我的名字 ZHENG,请我参加由该会当晚组织的"巴基斯坦之夜"活动。作为这个校区唯一的中国人,我常常会受到很多礼遇,这请柬虽然寒酸,但"一片请柬一颗心"嘛,我当然是喜滋滋欣欣然心有期待,更不用说巴基斯坦与咱们中国还有特别友好的国家关系。

夜幕四合,满天星斗璀璨,迎着地中海阵阵爽人的晚风,我准时来到了校区的露天影院,银幕上快节奏地万花筒般地展示着现代巴基斯坦的都市画面,很前卫,配乐近乎摇滚,虽然听不懂巴语的唱词,但可以听出充满激情的"巴基斯坦"、"巴基斯坦"的反复呼唱,让暗夜中的人们也随之热乎了起来。音乐止,随即那位送请柬的学生上场了,落落大方地用不是太熟练的英语介绍起他的祖国——巴基斯坦,银幕上也用 PPT 很配合地打出飞机、军舰和科研机构、大学校园等的彩色照片,之后的节目还有男女生四人组合的话剧和一位笑星的脱口秀表演,由于很生活化,涉及的都是校园里的人和事,而且演员还不断地与台下互动,也引爆了阵阵笑声,移动的舞台光柱打在说话人的身上,在这样一个空旷的露天场所也起到了集中观众注意力的奇异效果……

最后一个节目是《靓哥靓妹大联欢》,全体巴基斯坦留学生悉数上场，哇，大呼小叫，居然有20个之多。他们一个个身着民族服装，平时看他们与当地的学生一模一样，现在却迥然不同，男装端庄素净，女装华丽多彩，载歌载舞，现场陡然变成了欢乐的舞池，巴国俊男靓女像快乐的小鱼，来回穿梭游弋，全场的人们都沉浸在欢乐的海洋里……

落幕前夕是生日蛋糕，一个用绿色奶油绘制成的巴基斯坦国旗蛋糕被扛进了舞池的中央，我也作为嘉宾与各国师生一起，参加了这个象征性的开切仪式，动手切的刹那间，全场响起热烈的欢呼声。

原以为要作鸟兽散，不料主持人长袖一扬，还有一个冷藏的节目——请大家消夜。于是与会的人们移步到了露天影院边上的客厅，在一张张圆桌上已摆满了巴基斯坦的小吃，一任与会诸君尽情免费享用。奉献的小吃有三种，我逐一品尝，样样新鲜，样样新奇，样样可口，尤其是三角炸饼，锡箔纸包裹，打开食用，油热尚存，外皮酥脆，内馅为软烂的马铃薯泥，软糯微咸，相当好吃；置于方形扁铁盒里的是油酥方糕，大小形同我们的一箱豆腐，切开如豆腐大小，食用，外皮香酥，内里的马铃薯馅绵软微辣，分量十足；还有红豆冻羹汤，汤被冻在一张张圆形的扁盘里，如同一个个白色的月亮，红豆绿豆在凝固的乳色浆液里若隐若现，取一盘食用，冰甜适口，吃了还想吃……

手里的"月亮"吃完了，天上的月亮露出了银盘的笑脸,纯净如水的夜空深蓝如海,爽人的清风送来地中海的阵阵涛声,月色下回味绵绵的我突然想起那张很简陋的请柬,心想一定要把它好好珍藏。

一切回归静夜,我则辗转反侧:"寓教于乐"在人家老外那里仿佛是天经地义的事情,而到了中国,反复强调和探讨的却似乎总还是不够洒脱,时不时露出一条说教的尾巴……

塞岛使用"牡丹卡"

第一次在土国使用"牡丹卡",心里怦怦直跳,生怕有什么意外,咱一年的口粮和私房钱可全都蛰伏在这张小卡片里了。那收银的金发大眼妹把我的中国卡审视了一下,美丽的大眼睛突然蓝光幽幽显得异常吓人,幸好老夫我就是"厦(吓)大"的,眼睛再大也大不过咱们厦门的龙眼核吧!这土洋妹兴许是对卡上陌生的方块字有些多疑,只见她的小手抓捏着卡在刷卡机上狠狠地刷了一下,那机器大概憋气三四秒,才吱吱地吐出小票来,呵呵,痛快啊,交易成功了,怎么样,大眼妹子,你金发长见识短可别小瞧咱东方圣地这稳稳当当的方块字!

牡丹卡因为它的祖国勤勉坚忍而国色天香一花独放,在土耳其城乡路路飘香,不仅大小超市,而且街边的杂货铺都可以尽显神通,有时买点小东西,连密码和签名也免了,仿佛那刷卡系统在熟识了"牡丹"之后开始情不自禁地与其"套近乎"。

最神的一次是在地中海碧波万顷之中的"北塞",这个国际敏感区域几乎没有任何中国人的影子,牡丹卡自然很难在这里留香了。我课余时间到一个极为偏远但天然得一塌糊涂的高山小村漫游,到处春花烂漫,树树柠檬鲜黄,古老的油橄榄山神一样蹲坐在碧野之中。我走累了,就在马路边的农家小店买了半公斤鲜美肥厚红得发紫的李子解渴。我试了试牡丹卡,哈哈,马到成功,一刷定乾坤。欣喜之余,我情不自禁地亲吻了美丽的"小牡丹",面对"北塞"的千里绿野万里蓝海,心头不禁生发出一首赞美诗:"在这里/在这里/你也照样傲然盛开/幽香飘万里/沁人心脾!"

史无前例的考试

土耳其中东技术大学孔子学院"北塞浦路斯校区汉语班"期末考试在北塞浦路斯举行,历史也许将记住这个日子——2009年6月11日下午,因为这是塞浦路斯史无前例的第一次汉语期末考试。

"北塞"学汉语的学子们

从拉丁字母跨入东方神秘的方块字令初试者忐忑不安。在开考前我微笑地告诉我的学生们：请大家务必书写端正，因为这些考卷随后会在我的"海峡博客"上亮相，未来很可能会由"塞浦路斯教育博物馆"收藏展出。同学们听后均会心一笑，这多少缓解了考试的紧张情绪。

共有22位塞浦路斯的土耳其族学生选修了汉语课，整个学期我每周一次往返于安卡拉校本部和北塞浦路斯校区，取得了较为理想的教学效果。

"北塞"校区实施"宽进严出"的欧美教育体制，孔子学院的汉语课纳入该校区严格的教务系统的管理，最终有16位同学修完了一个学期的《新实用汉语》课程，有15位同学通过了期末考试，将转入下一个学期的学习。在电脑上完成了这15位同学的成绩提交后，我浮想联翩，心里有说不出的感慨，体会到付出的快乐和辛苦的值得！

这是一个艰难的开局，也是一个成功的开局，我心花怒放。

工作狂

在土耳其工作的第一学期,我简直成了一个工作狂,曾经连续十个星期没有任何假日,一个人在土耳其和北塞浦路斯两个地区同时开设汉语言文化课,空

神奇的卡帕多西亚

中飞来又飞去,周周航班如大巴,在极度的疲惫中享受着拼搏的快感,呵呵,人生几何?

但是再忙,时间总是可以挤出来的,平时备好功课,一有时间我就打起背包去旅游,一定要断绝以后还会有机会再游玩的念头,"抓住现在就抓住永恒",钻研马克思哲学思想的老爸最喜欢说这句话,据说它是黑格尔的名言。我从小逆反,对他老人家的学问不感兴趣,但黑老的这句话还是很受用的,这就是"把握"!

出发了,就暂且忘掉一切烦恼、所有工作以及形形色色的琐事,全身心地玩。在土耳其首屈一指的自然名胜地卡帕多西亚,奇峰好水怪洞,一个也不能少!眼睛看,照相机拍,脑袋在思考在联想,时髦的说法叫"心路历程",美景美女美食美心情,每每令人心旷神怡,真乃人生幸事。

回到床上,进入梦乡前,把美景美女美食再好好回味一遍,如老牛反刍,既为美梦作好了准备,也给美文打下了腹稿。回到老巢,打开电脑,立马敲敲打打,一一记录在案,玩两天得六文,或"喂喂"博客,或投给报家,或发送杂志,给朋友博友网友读友分享,独乐不如众乐,众乐反过来又强化了独乐,乐乐相"报"何时了。这些留存的文字其实是给未来的自己留一份有滋有味的甜点,敝帚自珍,五年一尝,十年一吃,然后开心地说一句很老套却又很本能的感叹,"味道好极了"!真的是"味道好极了"!

第五部　依依惜别

观看土军大阅兵

国庆节上街走走，结果遇上了人家的国庆大阅兵，太幸运了，安全检查后居然可以随意进场，整个过道可谓精准的三步一岗、五步一哨，人人都前行在军警夹道守卫的过道上，尽可以长驱直入，一直步入到最佳位置的一号观礼台。尽管现场有免费的小国旗派送，但很多土耳其老百姓似乎觉得不过瘾，纷纷掏钱买了大国旗一路挥舞，小朋友则招摇着印有国旗的红色气球，不少青年男女更是买了喜庆的红色头箍扎在头发里，显得非常的酷，难怪国庆观礼台上处处飘红！

在等待期间，音响一直在播放很雄壮的歌曲，一首又一首，居然有一首苏联的《喀秋莎》，尽管是土语唱的，但那熟悉的旋律还是让我感到格外亲切。

海军仪仗队的队员第二阶段才上场，所以他们暂时安排到我们的一号观礼台休息，我们听从警察的安排腾出前面四排的位置，结果有些队员还是坐不下，就只好到场后的草地蹲着，而那些有座位的队员因为

土军大阅兵

担心弄脏了洁白的礼服而欲坐不坐,后面这些刚刚挪了座位的土耳其大伯大妈就争先恐后地递上手里的报纸和塑料袋让他们垫坐,军民之间叽里咕噜不知说了什么,但那温馨的场面犹如故里亲朋!

庆典一开始是庞大的军乐团演奏土耳其爱国歌曲,至少有十首之多,身边的土耳其老百姓多情不自禁地跟着哼唱,人人神情肃穆而充满激情。

接着土国居尔总统乘敞篷车检阅了受阅部队,敞篷车在骑警的护卫下缓缓前进,骑警有骑摩托车的方队,也有骑马的马队,马儿都很听话,一步一步沿线踏行。观礼台和阅兵场近在咫尺,所以一切都看得很清楚,包括总统的微笑和身边的将军压得低低的帽檐。

凌空而降的跳伞队员从天上给游行队伍带来了巨大的国旗和国父的画像,全场掌声雷动。大阅兵和大游行正式开始了,游行的中学生和市政队伍的方阵居然是穿插在海陆空三军和警察方阵之间的,中学生有十余个方队,穿着蓝色的制服,人人手举着国旗,显得青春活泼,想起阿塔图尔克高中的60多名学汉语的学生也很可能有人身在其中,于是我盯得特别仔细,可惜摇动的国旗和灿烂的笑脸模糊了我的视线……

前有军乐团,后有坦克车,穿着古老民族盛装的男女载歌载舞,最惹眼的是敞胸露怀的男子汉们的弯刀舞,他们舞姿优美,有些闽南拍胸舞的架势,不知是缅怀奥斯曼帝国往昔的辉煌,还是传承尚武自强的传统……

骑着高头大马的警察过后,是两辆大型市政清洁车,爱清洁的土耳其人都发出会心的微笑,马儿呀,你就放心地拉吧。当坦克、自行火炮以及装甲运兵车隆隆开来,天上的直升机和轰炸机同时掠过时,现场的气氛达到高潮……

最受欢迎的还是飞行员的特技表演,先进的美式战机时而三架一组超低空呼啸而过,时而八架编队齐整如蓝空印花,参演机群还不时施放彩色烟雾,在万里云天进行赤橙黄绿青蓝紫的大变幻。民众欢呼声此起彼伏,我举起相机,努力"擒拿"天上的精彩画面,好在博客上与四海的亲朋分享……

阅兵结束后,老百姓还可以与坦克和战车零距离接触,很多小朋友在父母和士兵的举抱传递间爬上了高大威猛的装甲车。我这个老外也抓住机会和土军的坦克合了影,这是平生的第一次。记得不久前我在北塞浦路斯远远地拍了一张军车的镜头,却被土耳其士兵逮了个正着,不得不当场删除……

书海放飞漂流瓶

眼看任期届满,我将离任回国了,想起故乡和亲人,自然归心似箭,但回眸在土的日子与异国的友人和学子的友善相处,却又多了几分难舍之情。

当初我从国内带来的几千枚中国邮票,大多分送给中东技术大学和阿塔图尔克高级中学的学生了,至少有上百位土耳其学生得到了我的馈赠品,现在抽屉里剩下的只有几百枚了。

送中国邮票未必就希望人家一定集邮,只是企图通过小小的"百科全书",诱发或添加学生学习汉语的些许兴趣。但我发现获赠邮票的学生,不论是高中生还是大学生,都是有人欢喜有人漠然,还有的随手就转送他人。如此规模化的平均分送,难免有"大锅饭"的味道,至少对送出的邮票本身是不公平的,何以有的邮票受到百般的喜爱与呵护,有的却被束之高阁或冷落一旁。

我希望能找出更好的赠送办法,让剩下的几百枚中国邮票有一个更佳的去处。不料事情虽小,却无良策,一拖再拖,居然拖至我行将结束任期返回祖国的前夕,怎么办?本想把它们一并转交给接替我职务的新院长,让他去处置吧,但又考虑到人家极可能要重复我先前的做法,不客气地说,我与邮票的那份深情厚谊,不是其他老师或院长可以相提并论的,部分中国邮票被冷落的局面势必再现,徘徊又徘徊,我灵感终被触动,冒出了一个自以为是的锦囊妙计,于是大为兴奋,为自己拍案叫绝,乃至情不自禁高歌起来。

此计的操作细节是这样的:把几百枚中国邮票,按一册一枚的原则,星星点点,分散夹进我们孔子学院中文图书室的藏书里,虽然有点麻烦,但我却兴致勃勃乐此不疲。想想看,当日后某君在阅读中与夹藏在书页里的中国邮票不期而遇时,将会有怎样的一种惊喜,假如无动于衷,那也无妨,小小邮票自会默默期待着下一位喜爱它的"如意郎君",至少,爱书的人爱邮票的几率相对较大,书卷邮票两相宜,邮票添香读书人,于是我得意洋洋,心怀憧憬,为我的枚枚爱邮,作顺口溜一首以示送行:"书海放浮漂流瓶/一枚邮票一颗心/波涛滚滚任你走/留得惊喜在未来。"

回国前的打点

订好了回国的机票,我就开始打点行装,当然还要买点土耳其的土特产。买什么好呢,银饰、彩瓷、橄榄油和榛子这四大件是旅土归国的中国同胞常态性的购买选择,要不就是手编地毯或伊斯兰风情头巾。内行的人会带上土耳其软糖,物美价廉,味道很不错,软糖中夹有硬壳果的,那口感就更棒了!

不过以往短期回国开会,我早已经捎带过了,带得辛辛苦苦,家人却不大认账,唯有一句"平安归来就好",好像我去的不是土耳其而是阿富汗。土耳其的物资固然丰富,但不管怎么说,咱们中国的东西更多,万物不缺,回家时难道要买一个土耳其大西瓜?

那么这次采买,就解放一下自己吧,不必买什么了,我一头扎进校园邮局,买点邮品给自己送行,既实惠又轻便,而且绝对是最土的"土特产","土"到永远。再说走进土耳其邮局买邮票的感觉,这可能就是最后一次了,所以一定要好好留下文字备忘。

一进门就有些自作多情地发现,在邮局的墙面上,居然粘了两枚小全张新邮,是刚刚发行的"花卉"邮票,四枚一套,印成小全张,齿孔上下左右贯通,分离贴用很方便。这是我在土工作近两年的时间里第一次发现土耳其新发行的小全张邮票,而且是如此精美,如此娇巧,如此赏心悦目。最爱那绿色的边饰,不仅烘托了花色,说明了主题,而且量体裁衣,节约用纸,让整枚小全张如一个紧握的拳头,花团锦簇,艺术的展示紧凑有力!我想应该给这枚小全张拍一张照片,发给中国国家邮票发行总局作参考。

邮票每枚的面值为1.1个里拉,就是一张明信片的国际邮资,小全张每枚为4.4个里拉,没有加价。1个里拉相当于4.5元人民币,我毫不犹豫地买了一枚。邮政所的小伙子又搬出了全部的邮票家当——1个大本子,里面夹着七八种特种邮票,面值为10、25、80个库鲁司不等,一个里拉等于100个库鲁司,我就买了20枚面值10个库鲁司的邮票,图案是我抬头不见低头见的安卡拉山地建筑。以后再见就难了,那就让邮票展开飞旋的双翼,在脑海尽情地高飞回望吧!

一下就买20枚,还另有考虑。我在初来乍到时买了不少面值60个库鲁司的"中东技术大学建校50周年"纪念邮票,这样两相撮合,可以凑上几个明信片的国际邮资,临走前好邮寄一番,特别是台湾邮友吴惠民,几年来给我邮寄了好些封片,自己在土耳其想回复一片，却一拖再拖，实在惭愧。另外还要给网络集邮研究会的会长程文高先生寄上一枚，在海外的日子，因为有了网络，也因为有了网络集邮研究会，我并不感到空虚寂寞。用心购置，精心拼贴，细心书写，让一枚枚的土耳其明信片配上土耳其邮票，再一一搭上伊斯坦布尔飞往北京、上海或香港的航班，飞向我的邮友！

在挑选邮票时，我发现邮票夹册中居然有两张万国邮政联盟的国际邮资兑换券，兑换期为2006/6/19—2009/12/31，应该是顾客向该邮局兑换后遗留的凭证，盖有"中东技术大学邮政所"的日戳，我就按航空平信国际邮资1.1个里拉的身价，把两枚兑换券也都"兑"为己有，这真是一个特殊的纪念，还让邮局减少了麻烦。

邮局的小伙子兴高采烈，送给我6枚无面值的明信片，还请我吃葡萄干。记得两年前第一次来该所，他也请我吃水果什么的，呵呵，热情的土耳其人，我会想你们的！

留下 5 本书

这个热烘烘的暑假，我行将结束在土耳其近两年的任教生涯，重返我日夜思恋的祖国和厦门大学，不过尽管归心似箭，我也很清楚，一旦重归故国，我的心又将不时飞回这个自己亲手参与创办的土耳其第一所孔子学院，魂牵梦萦的感觉想必挥之难去……

在孔子学院的图书室新书密集的书架前，行将踏上归途的我犹如依依惜别疆场的老马，徘徊再三，心底发出一阵阵无声的嘶鸣。我默默地将自己行囊里的 5 本书插入书架，这是一个人的赠书仪式，参加的观众就是满室云集的书架和书籍；这是一个人和他亲手创建的土耳其第一家中文图书室，14 个书架摆满了中国的各种书籍！我的 5 本赠书悄然遁入这片美丽的书山，我的内心充满了自作多情的幸福、快慰、感慨和满足。

第一本赠书是厦门大学出版社 2003 年出版的《世界中世纪史散论》，里面的论文涉及土耳其这片神秘的土地在 1700 多年前的"拜占庭帝国"时期的历史，作者是我的母亲陈兆璋教授。母亲在我出国任教期间满怀着对我的思念撒手西去，我唯有站在安那托里亚高原向着东方的夜空热泪长流。此时此刻把母亲的著作留在土耳其，也多少缓解了我"忠孝不能两全"的极度愧疚，权当是母亲和我一起为中土两国人民的友谊献出的一份微薄的力量吧。

中东技术大学的校友节

第二本书是中国文联出版社1999年出版的《爱译随笔》，这是我的一本文化随笔选，收入的是个人对跨文化交流与互动的思考，以及对中英两种语言互译时的微妙体味。其实一个合格的国际汉语推广人，必须要具备跨文化交流的能力，而这种能力的提升和拓展是永无止境的,活到老,学到老,思考到老……

第三本是鹭江出版社 2003 年出版的《叶水湖书法集》,这是厦门著名书法家叶水湖先生 2004 年赠送给我的,我现在之所以把叶先生的作品集转赠给中东技术大学孔子学院,是因为在我们学院的办公室和图书室里悬挂有三幅叶水湖的墨宝,把这部书法集留在土耳其,将有助于来访的土中各界读者进一步加深对中国书法的理解。

第四本是厦门大学美洲校友会编印的通信录,国际统一标准系列书号为 1544-4643,为该刊 2007 年 6 月出版的第 50 期"纪念高考恢复年"专号,里面收入了我的两篇散文《何大仁和他的苏联邮票》以及《龙眼树上》,写的都是厦大校园里的人和事。此刊先是从美国海运到厦大,后厦大校友会又从厦大空邮土耳其,可谓万里奔迁,现在不妨就让它随缘留下吧,让读者对孔子学院的中方合作院校多少添加些许印象和了解。

第五本是中国水利水电出版社 2007 年 7 月出版的《土耳其》(第二版)一书,全铜版纸印刷,又重又贵,是我自用于认识土耳其的启蒙读物,现在把它留给孔子学院的中国同仁们,以加深他们对所在国文化的理解和研究。它也是一个汉语国际推广人的"必修课",《土耳其》作为"异域风情丛书"之一种,编写上侧重旅游,但又企图面面俱到,结果在整体上显得有些杂乱,但毕竟聊胜于无,可用于自学时作答疑解惑的参考读物。

挥一挥衣袖留下5本书,当然还有自己余生默默的祝愿和不尽的期许……

最后的小心思

惜别中东技术大学的最后几小时,我从木橱里拿出所有吃剩的玉米颗粒,然后房前屋后乱走,把这些金黄的粮食撒向草地、树林和山坡,撒得很用力,完成自己在异国他乡的最后一个小心思:让这些小小的颗粒隐藏和分散开来,以便觅食的鸽子和灰鹊都有分享的机会,不至于饥不择食,一时贪嘴吃坏了肠胃。

多少个早晨鸽鹊们在我的窗下轻歌絮语,多少个黄昏鸽鹊们在我的视野里展翅盘旋,只有雨天它们才悄然消失,地上偶尔还能发现它们觅食时留下的羽翼。现在我要走了,才想起把自己吃剩的一点粮食让鸽鹊们分享,并谢谢这些好邻居曾经带给我的舒展和轻灵的感觉……

刚来时我对鸽鹊们没有太多好感,更对周遭的流浪狗、流浪猫相当厌恶,我甚至也把鸽鹊们视为流浪一族,不过我发现当地的土耳其老百姓对"流浪者"都很不错,常常将面包和其他杂粮与它们一同分享,土耳其的小朋友也和它们亲近，懒洋洋的阳光下，父母往往鼓励自己的孩子和陌生的猫狗们一起玩耍……

　　善待动物，善待生命，那是穆斯林们的信念之一，我觉得我和我的同胞在这方面似乎显得比较迟钝和"干燥"，谢谢土耳其，潜移默化让我悄然"被滋润"，也许在地球村，有了"大家"，就没了"流浪"，或者说，其实所有的生命都在流浪，相互扶持成就了"新的大家"……

土耳其的月亮

在去土耳其之前,我一直以为我们中国是世界上最爱慕最崇敬最关注月亮的国家,且不说我们的先祖有那么多吟诵月色赞美月圆的诗篇,我们民族自古就有以月亮为主角的中秋节,特别是我们闽南人,至今依旧把月亮称为"月娘",在心里意识上可谓月亮的子民。

不过到了土耳其,才发觉土耳其人爱月亮,一点也不亚于我们中国人,土耳其人对月亮的情感,一点也不逊于我们闽南百姓,你瞧瞧,人家都把月亮一直高举到尽情飘扬的国旗上面去了!

不仅如此,在阿拉伯和伊斯兰国家大多都是以红色的月牙取代红十字作为其相应组织的标志,土耳其人为此津津乐道:当年正是由于他们前辈的努力和坚持,才有如今的成果——"红十字国际委员会"正名为"红十字会和红新月会国际委员会",一弯红色的月亮成了土耳其人跻身世界的骄傲。

1923年,新生的土耳其共和国首都从伊斯坦布尔迁移到山城安卡拉,在安卡拉市最繁华的区域叫"科兹莱",这相当于上海的南京路或北京的王府井,至少也算得上是厦门的中山路,而这个科兹莱在土耳其语中的意思居然是诗情画意的"红月亮"!

对比中外差别,我们中国人有句揶揄的口头禅:外国的月亮比中国的月亮圆。说实话,在土耳其过中秋,我还真的半夜跑出门外去赏月,去对比一下中外的月亮。因为安卡拉地处安那托里亚高原,所以你会真的觉得那里的月亮又大又圆,好像是在我国的拉萨看月亮似的。不过可以肯定的是,土耳其人绝对不会有什么"土耳其的月亮比中国的月亮圆"的念头,因为在他们的心目中,最美或最有魅力的月亮是一弯新月,他们坚信:新月生机勃勃,具有不可抗拒的张力!

而我深深思恋着的是我们中国的那一轮明月;回到祖国,我又时常想起在土耳其教汉语的日子,感受着土耳其人民的热情和善良,怀念安卡拉的"红月亮"……